COCO REINE DES TROPIQUES

DU MÊME AUTEUR

Infidélité(s)
Éditions Balland, 2003

Écarlate
Éditions Balland, 2005

L'amour de l'art
Brèves 103, Atelier du Gué, 2013

La joie de vivre
Rue Saint Ambroise, 2014

Roméo à la folie
Éditions Zinédi, 2017

La Lettre de réclamation
Éditions Zinédi, 2018

Mado, 13 ans, oublie l'exil
Ateliers Henry Dougier, 2021

Un ange est passé
Éditions Zinédi, 2021

CHRISTINE SAGNIER

COCO
REINE DES TROPIQUES

roman

ÉDITIONS ZINÉDI

Photo de couverture : Christine Sagnier
Maquette : François Génissel
https://francoisgenissel.com

https://www.zinedi.com
contact@zinedi.com
ISBN 978-2-84859-241-1

I

La vie est comme une noix de coco suspendue à la branche, elle se balance au gré du vent, jusqu'au jour où un courant d'air mauvais la jette à terre. La mienne de vie pesait bien moins lourd qu'une noix de coco, et je n'avais rien du charme tendrement exotique de ce fruit. Du charme, je n'en avais pas, le pelage rêche et terne, d'une teinte indéfinissable tirant vers le gris, grêlé de taches tout aussi indéfinissables, souvenirs des restes de nourriture que l'on m'avait lancés et qui avaient malencontreusement atterri sur mon dos. Mais mieux vaut recevoir une tête de poisson sur le poil qu'une pluie de cailloux. Pour finir, j'étais affublée d'une queue en accordéon – des angles droits en lieu et place des circonvolutions du seyant tire-bouchon – et de grandes oreilles, longues et plates, qui me valurent plus tard le surnom de Yoda, les amateurs de science-fiction comprendront. Comme le maître Jedi, j'étais de petite taille, sage probablement ; quant à mes origines, elles demeuraient mystérieuses : avait-on jamais vu ma mère prendre soin de moi ? Bref, j'étais une drôle de chienne, d'une race inconnue, qui survivait dans un trou creusé dans le sable au pied d'un palmier.

Mais je n'étais pas seule ni malheureuse. Pas heureuse non plus. À mes côtés, une tripotée de chiots tout aussi faméliques, mes frères, mes sœurs peut-être, bien que je fasse figure d'intruse au milieu d'eux qui se ressemblaient comme des gouttes d'eau – ou était-ce la couche de crasse qui les enveloppait qui maquillait leur différence ? Nous formions une bande, si ce n'était une fratrie, nous blottissant les uns contre les autres quand le vent faisait voltiger les palmes au-dessus de nos têtes décharnées. Ces jours de tempête, nous ne risquions pas le museau hors de notre abri. L'écume blanche de l'océan bouillonnait à quelques mètres de nous, des noix de coco déchues roulaient et bondissaient sur la plage, tels les boulets sortis de la bouche d'un canon.

Sans parler du grondement des éléments qui s'engouffrait dans le pavillon de mes oreilles, irrémédiablement plates comme les ailes d'un avion. J'aurais souhaité les rabattre pour faire taire cet enfer, mais c'était impossible. Je n'ose imaginer ce qui serait advenu si je m'étais aventurée dans ce maelstrom tropical. Moi et mon petit kilo d'os nous serions envolés vers ces cieux rageurs, c'est certain.

Que dire d'autre, si ce n'est que le sort nous avait bien lotis en nous faisant naître sur une plage. Parce que la vie en ville n'est pas une sinécure, surtout sous un soleil de plomb. Le macadam brûle les pattes et la chaleur qui en exsude rôtit les flancs des plus petits. La ville est un four où l'espérance de vie est encore plus réduite pour les chiots qui, comme nous, sont livrés à eux-mêmes. Que faire sans le téton d'une mère auquel se raccrocher ? Se protéger du soleil sous une voiture, c'est risquer de s'endormir et finir écrasé par une roue ; boire se résume à laper la boue malsaine des ornières, souvenir d'un déluge passé ; manger pourrait paraître plus simple, si la lutte n'était si âpre auprès des poubelles. Restent les monceaux de détritus qui jonchent les marchés à la clôture, mais ils sont avalés par les bêtes les plus déterminées qui se déchirent le festin avec des hommes tout aussi féroces qu'elles. À coups de savates et de crocs, les agapes !

Alors oui ! nous étions chanceux sur notre plage où trois grands mâles se partageaient le territoire. Tous roux, tous en bonne santé, à part quelques misères : l'un était borgne, l'autre boiteux, et le troisième pelé comme un cochon, mais les trois s'entendaient à merveille et nous servaient de gardes du corps. Nourris par les pêcheurs de l'anse, ils nous cédaient des miettes que nous débusquions avec virtuosité. C'est fou ce qui s'insinue entre les grains de sable. Nous passions des heures la truffe au sol à nous pourlécher d'un minuscule lambeau de chair, d'un reliquat d'arête, d'un œil de poisson providentiel. La plage est un garde-manger ! Du moins pour qui a un bon flair et beaucoup de patience. Qu'avions-nous de plus urgent à faire que d'essayer de nous remplir l'estomac ? Ah oui, à propos, j'ai omis de décrire mon ventre, un gros ventre en forme d'outre ou de poire, enveloppé dans une peau rose à moitié translucide tant elle était tirée depuis les bosses de ma colonne vertébrale jusqu'à mon nombril.

Voilà pour les trois premiers mois de ma vie avant qu'un esprit ne s'égare et pointe son œil sur moi. Un esprit en scooter, avait-on déjà vu ça ?

L'esprit en question, casque rose, tongs, short jaune paille, barbe drue. Et son double, aux longs cheveux miel. Un esprit ou une nouvelle race d'hommes qui, comme nous autres créatures à quatre pattes, adoraient se prélasser au soleil. Plus sensés que mes congénères, ils préféraient s'allonger sur la plage plutôt que sur la route, réduisant considérablement les risques d'accident, quoique la chute d'une noix de coco puisse s'avérer fatale pour qui la reçoit sur la tête. Et pour mieux capter les rayons, ou s'attendrir la peau, ils s'enduisaient de cette substance odorante qui sert à frire les poissons, substance d'avant friture, hélas !

Ce genre de spécimen s'étant plus d'une fois égaré sur notre plage, l'envie d'aller lécher ne serait-ce qu'un mollet m'avait souvent taraudée. Mais qui se serait laissé approcher par une chienne aussi miteuse que moi ? Même minuscule, même squelettique, je faisais peur. Parce que j'étais minuscule et squelettique justement, galeuse aussi, à en croire les regards apitoyés qui convergeaient vers ma silhouette étique et les mains qui battaient l'air quand je m'approchais. Car oui, je m'approchais, et j'étais bien la seule au sein de notre petite bande à oser flirter avec des étrangers, mais j'avais tellement faim ! Et puis, ces hommes-là ne pouvaient pas être plus dangereux que les enfants du coin qui, les jours d'ennui, courraient à nos trousses avec leurs lance-pierres.

Mais cette fois-là, pas de moulinets des bras ni de cris effarouchés, des roucoulades en veux-tu en voilà, des oh !, des ah !, des genoux qui se plient, quatre mains tendues dans ma direction, et des bouches qui s'étirent largement. Ces deux-là parlaient un idiome qui m'était étranger, mais nul besoin de connaître une langue pour en saisir le message quand il est pétri de tendresse. Mes longues oreilles se firent encore plus longues pour profiter de ces douces sonorités tandis que j'avançais à pas menus, me tortillant de tout mon corps, la queue frétillante et les narines affolées par un irrésistible parfum de nourriture que je localisai à l'intérieur d'un sac à dos posé par terre.

C'est doux la main d'un homme, surtout quand il s'agit d'une femme, ça sait faire autre chose que jeter du poisson ou des cailloux. Un seul doigt vous frotte le crâne, et vous tombez en pâmoison. Oui, j'étais à la limite du vertige, subjuguée par cette pratique que j'ignorais jusqu'alors, les caresses. Le doigt tournait, tournait sur le sommet de ma tête, me donnant l'impression qu'il s'enfonçait dedans ;

mes yeux, pourtant tout ronds, s'étiraient vers mes tempes sous cette douce pression, ils se fermaient sans que je puisse les en empêcher, mes paupières pesaient si lourd. Je frémissais d'aise de la pointe de mes oreilles jusqu'au bout de ma queue. Ce fut mon odorat qui me sortit de cette transe, et la divine fragrance qui fouetta l'air au moment où le sac à dos s'ouvrit. Là, je faillis m'évanouir pour la seconde fois.

Je n'avais jamais mangé de poulet de ma vie. Pour moi, ces volatiles qui péroraient, le cou tendu, toujours prêts à nous écharper, moi et mes compagnons, pour un misérable croûton de pain, étaient des durs à cuire. Le bec est une arme redoutable, et les poules et les coqs en jouent admirablement. Mais quand nos trois aînés à quatre pattes, le Borgne, le Boiteux et le Pelé s'aventuraient parmi eux, alors, la volaille moins fière s'éparpillait dans des piaillements et des battements d'ailes frénétiques. Bon débarras !

J'avoue n'avoir pas fait immédiatement le rapprochement entre nos ennemis à plumes et le pilon frit dégoulinant de graisse que la touriste fit bientôt jaillir d'un sac en papier. Toute méfiance envolée, je sautai quasiment sur ses genoux, griffes sorties pour m'accrocher à mon perchoir, gueule grande ouverte, quenottes offertes, prête à croquer un bout de viande. Dans le monde dans lequel je vivais, un tel sans-gêne m'aurait valu une bonne taloche qui m'aurait envoyée dinguer à des mètres de là, à la suite de quoi j'aurais déguerpi avec moult couinements. Mais les genoux que je griffais d'excitation étaient ceux d'un esprit protecteur, je fus donc récompensée par une lichette de chair exempte de toute graisse superflue afin de protéger mon estomac de dénutrie. Quelle fête, quelle incroyable fête !

S'il ne s'était agi que de moi, j'aurais avalé le pilon tout entier, peau, chair et os compris, quasiment un tiers de ma taille, et serais probablement morte sur-le-champ. Pas d'orgie donc, mais la becquée ou presque, des effilochages de viande donnés du bout des doigts. Bientôt – bien trop tôt à mon goût –, mon ventre fut délicieusement plein, rempli comme il ne l'avait jamais été, je me sentis glisser dans une douce torpeur, m'allongeant sans chichis aux pieds de ma bienfaitrice qui me gratouilla la panse d'un ongle. À ce stade de l'histoire, il est utile de dire qu'en dépit de son regard attendri, son compagnon restait à bonne distance de moi. L'effet repoussoir de ma maigreur exagérée, je suppose. A-t-on idée aussi d'avoir la peau sur les os ?

Et quoi, maintenant ? La satiété ne durerait qu'un temps, deux jours maximum, ainsi, en plus de crever la faim, j'allais mourir de désespoir pour avoir entraperçu le bonheur d'un repas salvateur. Non, non, et non ! Le bonheur se saisit quand il passe et ne se regrette jamais, qu'advienne le lendemain.

C'est le Borgne qui me réveilla en me reniflant de toutes parts. L'odeur de poulet frit probablement. Heureusement qu'il lui restait un œil, car son inspection menée jusqu'au bout – fesses, ventre, oreilles, tout y passa –, il se contenta de me lécher le museau. Et il faut croire qu'il était plus fringant que moi, vu que le grand barbu s'enhardit à le nourrir, lui ; du moins le gratifia-t-il des peaux croustillantes que sa pareille avait refusé de me donner malgré mes jappements stridents. Mais la solidarité était la clé de notre petite communauté, aussi trouvais-je tout naturel que la générosité des nouveaux venus profite à mon aîné. Le plus étonnant c'est le temps qu'il fallut au reste de la tribu pour oser approcher. Plusieurs minutes après le Borgne, ce fut le Pelé qui arriva, suivi du Boiteux. Trop tard. Tous deux durent se contenter de respirer l'air saturé de cette odeur de graisse.

Déjà les touristes s'apprêtaient à partir. La jeune femme enfila le tee-shirt et le short qu'elle avait dû ôter durant mon somme, elle s'agenouilla non loin de moi, tendit sa main, paume ouverte, tandis que je m'approchais doucement, les pattes à moitié repliées sous mon ventre qui touchait presque terre, prête à goûter une dernière fois à une caresse. Comme elle se releva et tourna les talons, je humai l'endroit où elle avait posé son sac à dos, imitée par mes trois compères, puis, les laissant à la triste constatation que, non, rien n'avait été oublié sur place, je galopai jusqu'au scooter, la démarche un peu lourde de toute cette nourriture, mais l'estomac bien arrimé. Mes deux bienfaiteurs s'étant installés sur l'engin, je sautai et aboyai par-dessus le vrombissement du moteur pour leur dire adieu. Adieu, merci et bon voyage ! Je bondissais en équilibre instable sur mes pattes-arrières. C'était la moindre des choses, un adieu à la hauteur de leur générosité. Quelques minutes plus tard, les casques roses s'évanouirent derrière les arbres qui bordaient le chemin de terre qui les avait conduits jusqu'à moi. Évanouis, comme les esprits s'évanouissent, en laissant derrière eux un souvenir incandescent.

Sur ce, je me retirai au creux d'une touffe de hautes herbes léchées par le vent. Je n'avais pas la force de retourner jusqu'à mon trou dans le sable, et peut-être pas l'envie d'y retrouver mes coturnes qui m'auraient flairée et léchée sous toutes les coutures. Je dus m'endormir très vite, et longtemps, car le soleil se levait lorsque je fus réveillée par des aboiements aigus. Les miens. J'ouvris un œil, surprise d'être roulée en boule dans mon nid de verdure, et non courant et jappant après les deux pilons évadés d'une marmite qui caracolaient devant moi une seconde plus tôt. Deux pilons sans ailes ni tête pour guider leur course. Étrange vision matutinale.

Légèrement déçue, je me levai pour rejoindre mes petits amis déjà occupés à fouiner dans le sable. Je m'étirai de tout mon long, puis les imitai sans franche conviction. Trop de croustillant sous la dent.

La vie reprit. Une journée ordinaire, mais pas tout à fait, mon champ de vision s'étant élargi ; au lieu de rester les yeux braqués sur des milliards de grains de sable, j'observais l'horizon, les barques au loin qui dérivaient sans capitaine à bord, des têtes enturbannées qui émergeaient soudain à proximité, pour replonger sous les flots quelques secondes plus tard, des épaules emmaillotées de rouge, de vert, de jaune, qui flottaient, de-ci de-là, à fleur d'eau. Les pêcheurs à l'œuvre, les mêmes qui, plus tard, débarqueraient leurs prises, secondés par les bras d'une marmaille surexcitée, et qui, avec un peu de chance, nettoieraient leurs filets à quelques mètres de nous, jetant de côté des détritus auxquels se mêlerait peut-être un poisson mort. Un cadavre sous un monticule de bouteilles en plastique, de tongs et de paille. Notre quotidien, réglé comme du papier à musique, à quelques tempêtes près. J'admirais ce beau tableau, tout ce bleu qui nous enveloppait, frangé du blanc crémeux de la plage et du vert des palmiers qui, eux aussi, semblaient vouloir se rafraîchir la tête dans l'eau.

Et la journée passa paisiblement.

Je rejoignis mes congénères qui, une fois leur chasse aux miettes achevée, s'étaient assoupis à l'ombre. N'étant pas d'humeur à dormir, je mordillai la queue de l'un, sautai à pieds joints sur l'autre. Débuta alors une partie de lutte sur deux pattes, de crocs gentiment plantés dans les oreilles, de roulés-boulés sur le sol dans un enchevêtrement de corps qui nous laissa bientôt tout pantelants. Le soir venu, je réintégrai notre trou, où je fis ma place au chaud contre les côtes saillantes de mes camarades. Puis le coq chanta et une nouvelle journée débuta, truffe à terre.

Je rêvassais, nez au vent, les pêcheurs ayant débarqué depuis longtemps leur lot quotidien de poissons et de déchets, quand un grondement sourd me fit tendre l'oreille. Le bruit d'un scooter sur le chemin de terre. De nouveaux touristes en perdition. Je tournai le dos à la mer pour les observer. Et... je n'en crus pas mes yeux. Deux casques roses apparurent, leurs propriétaires dessous. Mon cœur bondit dans ma poitrine. Un bond de géant. Toute frétillante d'allégresse, je partis à leur rencontre, aussi vite que mes courtes pattes me le permettaient. Si vous croyez que mon estomac me dictait mon allure, vous vous méprenez, je n'avais pas très faim. Ou bien si, de caresses.

Parvenue à quelques mètres du scooter, je ralentis la cadence, allongeai le cou, baissai autant que possible les oreilles, pointant le museau au ras du sol. Les hommes sont d'une nature lunatique, voyez-vous, avec eux les jours se suivent et ne se ressemblent pas. Une fois, ce sont les boyaux d'un poisson que vous recevez sur la truffe, la suivante une volée de bois flotté.

Sans même prendre le temps d'ôter son casque, la jeune femme sauta à terre, s'accroupit, paume ouverte, en gazouillant. Je n'ai pas la prétention d'être polyglotte, mais je jurerais qu'elle disait ceci : « Oh mon toutou, te voilà encore ! Que tu es mignon ! » Si, si, je vous jure, c'est ce qu'elle me dit tandis que je posais mes deux pattes sur ses genoux, mon attention légèrement détournée par l'odeur alléchante qui flottait dans l'air. Elle me gratta la tête et le cou et le poitrail, et ce fut délicieux.

J'eus droit une nouvelle fois à ma portion de poulet à l'ombre d'un palmier, griffant d'excitation ma cantinière, sautant carrément sur ses genoux, si avide de ces saveurs qui explosaient sur ma langue et tapissaient mon palais, souhaitant qu'elles ne se dissipent jamais. Mes fidèles compagnons lorgnaient la scène avec circonspection, mais finirent par s'enhardir, et tentèrent une approche du bout des pattes. Bien leur en prit, car chacun eut sa part, même nos trois aînés qui survinrent peu après pour gober les peaux qui leur étaient destinées.

Ainsi s'installa une nouvelle routine, ou presque, puisque les passagers du scooter apparaissaient quand mon ventre se remettait à gargouiller. Nous profitions tous de leurs largesses, je brûlais d'amour pour la touriste aux longs cheveux aussi dorés qu'un rayon de soleil qui flottaient en rideau devant son visage lorsqu'elle se penchait pour me caresser.

Et puis un jour, tout changea. La belle étrangère me prit dans ses bras en devisant tranquillement, elle me regarda dans les yeux avec la douceur du serpent qui veut endormir sa proie et me badigeonna d'une substance laiteuse fort désagréable qui me picota la peau et les narines et, tandis que je tentais en vain de lui échapper, elle m'emporta jusqu'à la mer et me plongea dedans. Oui, dans l'eau jusqu'au cou. Quelle trahison ! Les tambourinements de mon cœur faillirent s'arrêter net, je fermai les yeux, frappée de désespoir et de terreur, les deux sentiments s'entremêlant sans que je puisse discerner lequel des deux dominait l'autre. Le désespoir probablement. Cependant la traîtresse épargna ma tête qui resta à la surface. Je n'entendais plus ses roucoulades, je ne sentais plus la douceur de ses mains qui me frictionnaient tendrement, je battais frénétiquement des pattes dans ce liquide à la recherche d'un appui qui m'aurait permis de m'échapper. Puis, enfin, nous regagnâmes la plage, elle qui me serrait toujours aussi fort dans ses bras, et moi qui tentais toujours de m'en libérer. Elle eut le dernier mot évidemment, et acheva la torture en me vidant une bouteille d'eau tiède sur le corps. Toute cette eau sur ma peau, et autant de chagrin qui me submergeait. Ensuite, j'eus droit à une nouvelle séance de frictions dont j'aurais pu me régaler en d'autres circonstances. Mais quoi ! je venais d'échapper à un assassinat par noyade.

Quand ma tortionnaire me lâcha, je partis ventre à terre me rouler dans le sable et m'y fondre loin, très loin d'elle, mais suffisamment près pour la lorgner du coin de l'œil et lui signifier toute mon amertume. Bon, je n'ai pas la rancune tenace, car lorsque mon assassin en puissance et son barbu regagnèrent le scooter, je les suivis, à bonne distance, partagée entre l'envie de japper un au revoir et celle de bouder.

Pouah ! En plus de me coller à la peau, cette odeur indescriptible effaçait les discrets arômes de poulet qui chahutaient gentiment mes narines depuis quelques jours. Impossible de m'en défaire. J'eus beau plonger dans les détritus qui ourlaient la plage, me rouler sur les coussins d'algues en décomposition, rien n'y fit. J'étais plus que jamais le vilain petit canard de la bande, avec ma queue en forme de foudre, mes oreilles en ailes d'avion, auxquels s'ajoutaient désormais ces relents chimiques. Un corniaud qui sent l'homme ! Mes compagnons me flairèrent à qui mieux mieux, mais rechignèrent à se pelotonner à mes côtés. J'étais pour ainsi dire en quarantaine.

Au bout de deux nuits et de deux retours de pêche, je commençai à recouvrer mon intégrité. Mais voilà ! mes amis à deux roues firent leur retour, le sac à dos débordant de victuailles. Que faire ? Approcher mine de rien, toiser la traîtresse, l'ignorer ? j'avais le cœur trop gros, en manque de câlins. Je me ruai dans leur direction, ma colère digérée, volatilisée, et me tortillai comme le poisson qui gigote dans le filet tendu au-dessus de l'eau. Ah non, ne pas penser à l'eau ! il n'aurait plus manqué qu'elle m'y trempe à nouveau, dans ce grand bain salé. Hors de question.

Ni ablutions, ni shampooing au programme, mais un festin dont nous allions nous souvenir longtemps. Des pilons, des ailes et même des têtes frites.

II

Zohia, longue comme une liane, solide comme un roc, ma femme, mon amour. J'ai tout abandonné pour vivre avec elle au bout du monde. Une retraite anticipée – trente ans à naviguer sur les océans –, et je l'ai définitivement rejointe sur notre île où elle se remettait d'un passé douloureux. Un confetti, cette île, à peine un point sur le globe ; elle y avait bâti son rêve, mon havre. Homme à tout faire dans sa maison d'hôte, telles étaient mes nouvelles fonctions : sourire, informer, rassurer le touriste en mal d'exotisme. Sauf que l'exotisme restait à notre porte puisque nous étions tout autant étrangers aux lieux qu'eux, moi le Belge, elle l'Éthiopienne. N'empêche que nous l'aimions ce petit paradis sur l'océan Indien, entourés de tous les chiens que Zohia recueillait depuis ces cinq dernières années. Une calamité, ces bêtes qui pullulaient sans toit ni maître. Zohia avait entrepris leur sauvetage, je tempérais sa générosité. Ne fallait-il pas laisser un peu de place à nos hôtes ? Elle m'entendait, m'écoutait aussi parfois, quand nous avions notre compte de chiots à éduquer. Mon plus grand bonheur, je le confesse, était de me réveiller chaque matin le nez enfoui dans son casque mousseux. C'était le miracle de ma vie, cette femme ; quand ses yeux sombres plongeaient dans les miens, je chavirais.

Un miracle qui me faisait oublier ces maudits maux qui me cisaillaient le dos et me clouaient sur ma chaise tel un vieillard. Incapable de franchir trente mètres sans m'asseoir, imaginez-vous ça ! À cinquante ans et des poussières. Quelques poussières. Et conserver des manières affables pour nos hôtes. Heureusement qu'une nurse écossaise, pilier de mon enfance, m'avait appris à faire bonne figure en toute circonstance : « Gabriel, me disait-elle, n'oublie jamais : le soleil se cache toujours derrière les nuages », précepte nébuleux qui m'obligeait à voir plus loin que mon genou écorché ou mes crayons de couleur volés. Et puis, je ne pouvais décevoir Zohia, nos deux filles – bien que pensionnaires dans une autre île depuis longtemps – et nos douze chiens et quatorze chats. Ces derniers vivaient leur vie dans les bois qui entouraient la maison. Opulents manguiers, généreux corossols, durians croulant sous les fruits pour terrain de jeux. Nous les aurions presque oubliés nos chats, s'il n'avait fallu les nourrir. Les chiens, eux, appréciaient notre compagnie, avachis sur le carrelage frais du grand salon ouvert au vent. La seule laisse qu'ils connaissaient était celle qui les entravait à l'heure du repas. Chacun sa gamelle, chacun son licou. Pourtant aucun ne désertait jamais. Nul besoin de clôture. Bref, à deux ou à quatre pattes, nous vivions dans une belle harmonie, jusqu'à ce tourbillon qui faillit emporter notre couple, notre meute, notre vie.

Les femmes ont fait mes plus grandes joies ; prenez par exemple la rencontre avec Zohia qui bouleversa mon existence, véritable sirène surgie des tréfonds d'un rafiot bondé, le spectacle renversant de ses filles jumelles accrochées à son cou et, dans une moindre mesure, celle de ma nurse puisque ma mère était morte en couches au cours d'une traversée maritime insensée, entreprise par mon père ; honte à lui. Je le dis à regret, mais avec les hommes, ce furent les déceptions qui prévalurent – à commencer par mon père forcément, dont l'incommensurable égoïsme mena ma mère à la tombe : un simple linceul englouti par les flots. En fier capitaine, il n'appréciait pas l'aviation, voyez-vous ; je faillis y passer également au long de cet accouchement force 10.

Alors oui, les femmes furent la source de toutes mes joies, mais aussi des plus grands chambardements que connut ma vie. La palme revenant à l'apparition de Zohia, quinze ans plus tôt, regard farouche dans sa couverture de survie d'où émergeaient deux têtes minuscules et bouclées. Ce regard-là, je l'attendais. Peut-être avais-je parcouru tous ces miles pendant des années pour le trouver ? Zohia sauvée des eaux pour rompre avec la malédiction paternelle : tu seras comme moi, mon fils. Eh bien non ! L'hérédité comme valeur suprême, les liens du sang et tout et tout, cela n'avait pas de prise sur moi.

N'empêche, j'aurais dû me méfier, le jour où une certaine Anna débarqua chez nous avec son compagnon barbu. Deux hurluberlus blonds et poilus, la peau dorée comme un croissant français. Charmant accent scandinave, charmants sourires, et deux cœurs qui palpitaient à l'unisson. Retenue chez le vétérinaire qui soignait l'eczéma de notre chatte Lucette, Zohia m'avait chargé de les recevoir. Moi et les chiens donc, sur le seuil de la porte en guise de comité d'accueil. Les aboiements de la meute auraient pu effaroucher les nouveaux venus. Pensez-vous ! Seul le chauffeur qui les avait accompagnés remonta fissa dans son tricycle pour y mettre ses mollets à l'abri. Eux restèrent placides sur leurs solides guiboles, stupéfaits même, pensai-je alors. Émerveillés en réalité par les arcanes du destin.

À peine le seuil franchi, ils s'extasièrent devant notre palace si joyeusement peuplé. Tous nos hôtes faisaient de même, à la condition qu'ils osent entrer évidemment, quoiqu'entrer ne soit pas le terme le plus approprié, car notre repaire reposait davantage sur des piliers que sur des murs. Du vent, de l'air ! Et que cela circule ! Tel avait été l'ordre de Zohia à l'architecte qui avait eu la tâche de concevoir la maison.

Ne plus jamais se sentir enfermée, c'était une absolue nécessité pour mon aimée. Coincée à fond de cale à écouter ronfler le ventre de l'océan après avoir été gardée sous clé par un mari tyrannique, comment supporter l'enfermement après cela ? Le pire, c'est que j'aurais presque pu le comprendre, cet homme, tant j'étais amoureux d'elle, moi aussi. Mais jamais, au grand jamais, je n'aurais pris le risque de voir s'étioler les étincelles qui crépitaient dans ses yeux. Si peur de la perdre et d'y perdre des plumes, car malgré les années de vie commune et une tête que je considérais comme solidement plantée sur les épaules, je subodorais un je-ne-sais-quoi de sorcellerie chez mon épouse. À ses ancêtres africains, elle n'avait pas seulement emprunté la douceur de sa peau chocolat. Quant à ses deux filles, nos filles, Neela et Afia, je n'étais pas loin de croire qu'elles avaient hérité des pouvoirs de leur mère tant elles me menaient par le bout du nez. D'aucuns parleraient d'un gâtisme sévère légitimé par une paternité tardive, car j'avais élevé les deux fillettes avec l'amour d'un père. Toujours est-il que je leur reconnaissais à toutes les trois un don hors du commun pour communiquer avec les animaux, les chiens tout particulièrement. Il fallait les voir se coucher lorsque l'une d'entre elles les sifflait pour les faire taire. Douze bêtes pétrifiées comme une allée de sphinx.

Tout ça pour dire que mes deux tourtereaux scandinaves y allèrent de leurs caresses à nos toutous, genoux à terre, grattant une tête, un arrière-train, serrant une patte. Marcus, le vétéran de la meute, casanier et grincheux, se roula même à leurs pieds. C'en était presque vexant.

— Et ils sont tous à vous ? me demanda le barbu dans un français parfait.

— Tous ! fis-je en hochant la tête. Zohia, ma femme, les a recueillis. Il en traîne partout, vous savez. Boy, le petit dernier que vous voyez là – je dirigeai mon doigt vers une boule charbonneuse – a été découvert dans un tuyau d'évacuation. Coincé ou jeté dedans, on ne sait pas...

Je m'apprêtai à égrener les noms de mes compagnons lorsqu'Anna dégaina un portable de sa poche.

— Attendez, dit-elle en jetant un coup d'œil à son ami, je voudrais vous montrer...

Poli, je me penchai sur l'écran qu'elle tendait dans ma direction, tout disposé à admirer une solide progéniture. Nous ne comptions plus le nombre d'enfants, de pères, de mères, de frères, de sœurs, de chiens, de chats parfois qui nous avaient été présentés. Les gens aiment promener leur famille avec eux, une famille souriante, toujours, qui leur fait oublier les raisons pour laquelle ils l'ont laissée sur place, là-bas, au pays justement...

J'en fus pour mes frais. En fait de bambin, je découvris une chose minuscule et pelée, de celles qui courent les routes, les trottoirs et les rizières, ici, un chiot qui avait ceci de particulier qu'il ressemblait à un extraterrestre. Le chiot sous toutes les coutures, de face, de profil, de dos, son gros ventre de Biafrais offert à l'objectif. Je me retournai vers Anna, interdit.

—C'est une petite chienne, dit-elle.

J'ignorai les trémolos censés m'attendrir, soulevai un sourcil interrogatif.

— Elle est adorable, nous l'avons nourrie pendant plusieurs jours. Elle n'a pas de mère.

Je soupirai :

— Oui, ni mère ni maître pour s'occuper d'eux. C'est une calamité. Une campagne nationale de stérilisation vient tout juste d'être lancée. Il en faudra du temps pour éradiquer ce fléau !

— Elle va mourir, c'est sûr, poursuivit Anna sans prêter attention à mes considérations sanitaires.

— Il y aura peut-être un dieu au-dessus de sa tête...

Quelle idiotie étais-je en train de proférer, moi l'agnostique ? J'allais m'en repentir, car Zohia se tenait dans mon dos. C'était un de ses tours favoris, se glisser très discrètement à mes côtés pour m'écouter hurler de peur. J'avais beau lui dire qu'un jour mon cœur flancherait, elle n'en perdait pas pour autant cette fâcheuse habitude, au point que je la soupçonnais de télétransportation.

— Dieu, ce sera toi ! susurra-t-elle à mon oreille.

De quoi sursauter, car Zohia a toujours été une taiseuse, guère le genre à lancer des paroles à la légère.

Cette nuit-là, la lune jouait à cache-cache avec les rideaux qui ondulaient devant les baies vitrées de la chambre. Zohia grinçait des dents, entortillée dans les draps telle une anguille prise au piège d'une bâche en plastique, ses soubresauts résonnaient le long de mon nerf sciatique. Que de marches ratées dans son sommeil ! J'observais les ombres qui voletaient comme des papillons bruns sur son visage. Mauvais présage.

À mon réveil, je me retournai pour enfouir mon nez dans sa chevelure, mais ne humai que le creux d'un matelas déserté. Déçu, je me redressai avec moult précautions – me retourner sur le côté, plier les jambes, me mettre en appui sur un coude, bref toute une gymnastique pour hisser mon dos sans dommage. Un pan de drap tire-bouchonné était jeté au pied du lit. Je me levai, dépité et légèrement contrarié par cette entorse à mon rituel. J'ai toujours été un homme d'habitudes ; un long célibat combiné à la rigueur de la marine, ceci explique cela. Je sortis sur la mezzanine qui servait de perchoir à notre chambre, vitrée de part en part, tel un aquarium géant – toujours cette peur de l'enfermement –, et j'observai Zohia, affairée à découper les fruits qu'elle venait de cueillir dans le jardin et qu'elle disposerait bientôt dans des assiettes servies au petit-déjeuner, sans oublier jamais d'y glisser quelques fleurs de tamarinier ou d'oranger, tandis qu'Augusto, notre fidèle employé, s'apprêtait à nourrir les chiens derrière le garage. Douze gamelles et des monceaux de têtes de poulet crues à partager entre tous.

Qu'elle était belle ma femme, pieds nus dans cette robe orange qui soulignait savamment sa taille qu'elle avait si fine ! Et ce foulard vert qui domptait sa chevelure. Quelle chance éhontée avais-je, moi, le semi-grabataire. Nos hôtes aussi qui profitaient de ses mille petites délicatesses silencieuses. Je jetai un coup d'œil vers la terrasse où nos jeunes Scandinaves mangeaient avec entrain.

Douché et rasé, je descendis enfin, étranger aux messes basses qui s'étaient tenues derrière mon dos. Zohia me gratifia d'un sourire, mais la noirceur de sa peau trahissait son humeur. Je connaissais par cœur ce masque qui se glissait sur son visage quand les remugles du passé remontaient sans prévenir ; aucune onde ne semblait pouvoir en troubler la surface glacée. Je l'embrassai sur une joue et me servis une double tasse de ce café à la fois amer et sucré qu'elle avait l'art de préparer. Je savais par avance qu'il allait me falloir une bonne dose d'énergie pour affronter cette journée. On n'épouse pas une femme de quinze ans sa cadette sans en payer le prix. La première gorgée avalée, je me sentis régénéré. Pas pour longtemps. Zohia me torpilla d'un regard peu amène :

— Tu as bien dormi ?

— Pas vraiment, fis-je en déglutissant.

— Moi non plus. Très mal même. Ma nuit n'a été qu'une succession de cauchemars. L'eau était partout, elle avait tout envahi, les rues, les bois, les maisons. Il y avait ce petit chien, celui du jeune couple, je ne sais même plus ce qui lui arrivait, mais il me regardait et c'étaient les yeux des filles que je voyais. Quand elles étaient petites. J'ai cru qu'elles se noyaient.

Je posai ma main sur la sienne afin qu'elle lâche le couteau avec lequel elle hachait mécaniquement la peau d'un combava.

— Ce n'était qu'un cauchemar, ma chérie, un cauchemar, insistai-je en caressant sa joue.

Croyais-je vraiment m'en tirer à si bon compte ? Zohia reprit le couteau, en piqua la pointe dans un zeste, les clouant tous les deux, le zeste et la lame, dans le bois tendre du plan de travail.

— Non, tu ne comprends pas ; ce petit chien, il faisait remonter je ne sais quoi. C'était comme si j'avais voulu abandonner les filles à la mer, tu vois. Comme si je m'y étais préparée…

J'avoue n'avoir pas compris comment la photo d'un chiot, du moins la photo de ce chiot, pouvait engendrer de telles réminiscences.

— Tu n'as jamais voulu ça.

— Je sais, enfin je crois, du moins consciemment, mais j'étais peut-être prête à tout pour sauver ma peau…

Elle se tourna vers moi.

— Si on ne le retrouve pas, je… ce serait comme une malédiction… Il faut que tu ailles le chercher.

J'ouvris des yeux effarés :

— Le chercher, moi ? Mais comment ça ?

Quelques minutes plus tard, j'étais assis devant Anna qui me racontait, la larme à l'œil, comment elle avait succombé au charme de ce chien.

— Ça ne s'explique pas, vous savez, il m'a regardée et je l'ai aimé comme si c'était mon chien, même si je n'en ai pas de chien aujourd'hui, mais j'en ai eu un autrefois, disons que c'était celui de mes parents, enfin le mien aussi, le chien de la famille ! je l'adorais. Quand il est mort, j'ai eu énormément de chagrin. Et là, avec ce chiot, c'est un peu, comment dire ? un coup de foudre.

Un complot féminin, vous dis-je...

Il y avait de quoi éclater de rire, mais je me contentai de hocher la tête, scrutant ce maudit chiot sur le portable, battant des paupières pour ne pas me laisser attendrir par les grands yeux émeraude qui lui mangeaient le crâne, des yeux à la fois doux, déterminés et... je secouai la tête, détournai le regard, gêné. Qu'y avait-il dans cette petite caboche qui la rendait capable de susciter tant d'émoi chez qui la contemplait ?

— Oui, mais cette plage où vous l'avez trouvé, elle se situe au bout de l'île, et elle n'a pas de nom, dites-vous ?

— Non, mais nous l'avons localisée avec notre portable. Tenez.

Je regardai avec agacement le doigt qu'elle pointait sur une carte.

— Et qui nous dit qu'il sera encore là ?

— Il a toujours été là, à chaque fois que

nous sommes passés… au même endroit…

— Ce que je crains, voyez-vous, c'est qu'un propriétaire surgisse au moment où je kidnapperai le chiot.

— Vous ne le kidnapperez pas, me sermonna-t-elle, il n'y a pas de propriétaire, nous avons demandé.

— Oui, c'est ce qu'on vous a dit, sauf qu'ici, les gens ne nourrissent pas leurs animaux, mais si d'aventure quelqu'un a l'idée de leur en prendre un, eh bien, ils s'empressent de vous parler d'un titre de propriété.

Pour être honnête, je m'imaginais parcourant cette île inconnue sur toute sa longueur pour me retrouver face à un gaillard brayant « Au voleur ! » Et le malheureux chiot écartelé entre nous deux qui voudrions l'accaparer. Vraiment, je n'étais pas bâti pour ce genre d'équipée. La dernière fois que je m'étais battu, c'était pour récupérer la cravate de mon costume d'écolier que des garnements de l'école voisine m'avaient arrachée au risque de me rompre le cou. D'un côté les cols nus, de l'autre les cravatés, la lutte des classes n'attend pas l'âge. Or, cette cravate qui me sciait chaque jour le cou, je l'aurais jetée au feu depuis longtemps s'il ne s'était agi que de moi, mais me présenter chemise béante devant mon père était encore plus périlleux que d'affronter ces crapules sans honneur. Je m'en étais donc sorti avec un nez en chou-fleur et ma maudite cravate, quoiqu'en deux morceaux. Je fus quitte pour la recoudre. Alors, braver un pêcheur musculeux, non merci.

III

Plus de casques roses à l'horizon, la plage était silencieuse depuis quelques jours. Même les pêcheurs étaient taciturnes. Trop de détritus qui s'amoncelaient sur le sable, après qu'ils les avaient retirés de leurs filets, et repartaient à la mer à la première tempête. Pas de carcasses de poisson, des pilons, ça oui, mais caquetant et couverts de plumes, et qui couraient sous mon nez pour me narguer.

Je somnolais, allongée de tout mon long sur un rocher chauffé à blanc par le soleil puis, lorsque je n'en pouvais plus de toute cette chaleur, je me traînais vers un coin d'ombre, et ainsi jusqu'à ce que la nuit tombe. Et voici qu'un tricycle surgit dans un grincement de ferraille. L'engin sautait et bringuebalait sur le chemin de terre. Je ne m'attendis pas à reconnaître mes bienfaiteurs ; j'avais beau n'avoir que trois mois, je savais d'expérience que le propre du touriste était de s'installer brièvement sur notre plage et – cela je l'ai appris depuis – de repartir vers d'autres lieux plus festifs. Qu'ils soient revenus plusieurs fois était déjà une incongruité. Les hommes ont beaucoup à faire, ils ne cessent de s'activer ; même au repos, ils ne tiennent pas en place. Peut-être est-ce le fait de n'avoir que deux jambes qui les oblige à toujours bouger afin de maintenir leur équilibre ?

Quel étrange spécimen descendit du tricycle ! Je crus qu'il allait se mettre sur ses quatre pattes, mais il se redressa tout doucement, et l'on entendit une série de craquements pareils à ceux des vieux arbres par grand vent. Aïe ! Sa peau exhala une odeur aigrelette caractéristique : l'homme endurait un mal de chien. Et je m'y connaissais en la matière, parce que ma queue en zigzag n'était pas le fruit d'une bizarrerie génétique, non, c'était à un enfant que je la devais. Il aurait aussi bien pu me casser la patte ou l'oreille, mais c'était par la queue qu'il m'avait saisie pour me jeter quelques mètres plus loin. L'avantage fut qu'elle ne poussa plus et que je ne risquai pas de rester coincée dans un trou à cause d'elle.

Toujours est-il que le bonhomme souffrait et que je le plaignais de tout mon cœur. Il replongea néanmoins à l'intérieur du tricycle pour en extirper une grosse boîte qu'il déposa à ses pieds. Assise sur mon postérieur, je les observai, lui et le chauffeur qui discutaillaient, les yeux plaqués sur l'écran d'un téléphone portable. Mes petits camarades s'assirent à mes côtés. Sûr que nous formions une jolie nichée, car les hommes interrompaient régulièrement leur discussion pour nous scruter.

— Pas celui-là quand même ! s'exclama le chauffeur, en pointant son doigt vers moi. C'est le plus tordu.

— Si, si, s'entêta le client, c'est ma mission : rapporter le chiot à la queue cassée ! Regardez, poursuivit-il en plaçant le téléphone sous le nez de son acolyte, exactement le même.

Comprenez qu'à l'époque, je maîtrisais mal la langue des hommes, mon vocabulaire se limitant à quelques mots à peine, « Dégage ! » « Fous le camp ! », c'était à peu près tout ; alors, quand une main fondit sur moi, je ne réagis pas. Deux secondes plus tard, j'étais dans la boîte !

Moi qui n'avais connu aucune contrainte, aucune laisse, juste les bras de ma bienfaitrice et la main de mon jeune tortionnaire, je m'aplatis sur le fond de la cage, attendant que me tombe sur le poil un nouveau sort bien pire encore. Allais-je finir comme les poules saisies par les pattes qui battaient désespérément des ailes avant d'être décapitées puis plumées puis frites ? Était-ce là une vengeance du dieu poulet qui m'avait vue me régaler de ses congénères ? Si au moins j'avais aboyé, le Boiteux aurait accouru sur ses trois pattes. Au lieu de quoi, je haletais, le museau coincé entre les barreaux, incapable de produire un malheureux son. Fataliste. Je ne décris pas ma frayeur quand je me sentis de nouveau soulevée dans les airs. Je vis ma plage, mon palmier, mes camarades... dis-pa-raître ! Je dus laisser échapper une plainte suraiguë quand le moteur du tricycle rugit et que je sentis la machine trépider sous mon ventre. Quelle terreur !

IV

Pour un périple, c'en fut un ! Quatre heures de mer, ce qui n'était pas pour me déplaire depuis le temps que j'avais remisé mon petit voilier dans son garage à bateau, la faute à cette fichue hernie. À cette mini-croisière s'ajoutèrent trois heures de tricycle exténuantes, plus souvent sur deux roues que sur trois, mon compagnon du jour ayant pris sa mission très à cœur, lui aussi. Une location à la journée, en cette saison, c'était une aubaine pour un pilote condamné le plus souvent à des courses en forme de sauts de puce. Alors, quand il me vit débarquer du ferry avec ma cage grand format et mon sac de croquettes, il saisit sa chance : premier arrivé, premier servi, il grilla allègrement la file de tricycles qui serpentait le long du quai, et m'embarqua presque contre mon gré. Je déteste les resquilleurs, mais j'étais trop pressé d'en finir avec cette absurde chasse au fauve pour m'accrocher à mes principes. Je vissai mon bob sur ma tête, resserrai les lanières de mon petit sac à dos, et hop ! Je n'avais négocié ni le tarif ni la vitesse.

Après ce départ expéditif, je donnai ma destination au chauffeur et lui expliquai brièvement mon objectif afin de m'assurer que la présence d'un chien à bord n'enfreignait pas une déontologie tatillonne. Cela étant dit, je me calai sur l'étroite banquette en skaï zébrée de rubans adhésifs, rafistolage baroque aux allures de puzzle, et essayai de me détendre, mais les pétarades de la machine et ses dépassements intempestifs s'accordaient mal avec mes velléités méditatives. J'agrippai la poignée située au-dessus de ma tête, serrai les dents, fermai les yeux, partant du principe que la mort est une mauvaise compagne et qu'il est donc inutile de la voir venir. Je crois même que je réussis à m'assoupir avant le coup de frein final, mais quand je dus me déplier pour mettre pied à terre, j'eus la fâcheuse impression que les chaos endurés au long du trajet m'avaient soudé toutes les vertèbres. Si seulement ç'avait été vrai, j'aurais été raide comme un piquet certes, mais n'aurais plus souffert. Finalement, je me redressai tant bien que mal.

De kidnapping, il ne fut pas question, ni de chasse d'ailleurs, car le gibier me faisait face. À croire qu'il m'attendait. Une brochette de chiots, tous aussi pouilleux les uns que les autres, assis sur leur postérieur à quelques mètres du tricycle. Il ne me restait plus qu'à choisir. Je mesurai le ridicule de l'expédition à la mine stupéfaite du chauffeur. Quel hurluberlu, pensait-il, pouvait consacrer vingt-quatre heures de sa précieuse existence au sauvetage du chiot le plus laid, le plus pelé, le plus misérable que l'on puisse trouver... si si, je lus tout cela sur son visage, et davantage encore : des clients fous, il en avait eu à la pelle, des richissimes beaucoup moins, or j'appartenais selon lui aux deux catégories : Un fou richissime, doublé d'une carpette prête à faire les quatre volontés de sa femme. Le déshonneur des hommes... Assurément, il n'avait jamais croisé le regard velouté de Zohia... Je passai donc outre ses réflexions silencieuses, mais néanmoins blessantes, et attrapai la bête aussi facilement que j'aurais cueilli une pâquerette.

Me félicitant d'une telle célérité, je photographiai la cage et sa prisonnière pour rendre compte de mon succès. D'une petite pression du doigt, j'envoyai la photo à Zohia. Je ne manquais pas de cœur, simplement j'étais tout entier consacré à repousser les démons de ma femme. Une rude tâche, quand on sait ce par quoi elle était passée, mariée de force et séquestrée par cet époux trois fois plus âgé qu'elle, soupçonnée d'empoisonnement quand le vieux passa l'arme à gauche, sans parler de la fuite avec ses deux filles, à travers les champs, les bois, les déserts, pour finir au milieu d'un océan qui avait failli se refermer sur elles. Et tous ceux croisés en chemin, et morts sous ses yeux. Tant de fantômes à vaincre.

La plainte déchirante qui se glissa entre les vrombissements du moteur me ramena à la réalité.

Tapi au fond de la cage, le chiot me contemplait de ses grands yeux émeraude. La terreur indicible que j'y lus me fit ravaler ma fierté. Vrai, ces deux billes me firent l'effet d'un abîme de détresse. Qui croyais-je donc être, le démiurge peut-être, pour arracher cette petite bête à son existence qui, bien que misérable, était la sienne, en propre ; une petite bête avec des rituels, des compagnons, un environnement familier. Je faillis héler le chauffeur arcbouté sur sa machine et le sommer de faire demi-tour, pleins gaz ! Le gros ventre pelé me rappela à l'ordre. Ce chiot comme des milliers d'autres avait le droit d'être nourri et caressé. Il avait le droit de vivre autre chose que la faim et la maladie. Je glissai trois doigts à travers les barreaux et grattai doucement le petit crâne.

Est-ce au moment où le regard éperdu de Coco – car j'allais bientôt la baptiser Coco – plongea dans le mien que notre histoire se scella ? Ou bien lorsque je me retrouvai, le portable en guise de lampe torche, à quatre pattes sous un bungalow à essayer de l'amadouer ? Une fâcheuse posture pour qui a le dos fragile. En effet, à raison d'un aller et un retour par jour entre mon île et celle-ci, il me fallut trouver un hôtel où dormir en attendant le prochain ferry, aussi posai-je mon baluchon dans un établissement en bord de mer où l'on me fit la faveur d'accepter mon chien en cage, à la condition expresse que ladite cage demeure au pied du bungalow. Un beau geste que je m'expliquai par un déficit chronique de clientèle depuis le tremblement de terre qui avait ravagé l'île deux ans plus tôt. Toujours est-il que je méprisai la grimace de l'hôtesse qui m'accompagna jusqu'à ma chambre, installai la cage et sa locataire sur la dernière marche de la maisonnette, et me vautrai sur le lit. Épuisé. Oubliant un instant mon corps meurtri par le voyage, je fermai les paupières sans profiter de la carte postale grandeur nature qui se déployait devant moi en cette fin de journée, des palmiers les pieds dans l'eau sur fond de mer argentée. À la place m'apparut le visage de Zohia, sourcils froncés et narines frémissantes…

La combativité de ma femme m'avait toujours fasciné. Quelle force mystérieuse bouillonnait dans les replis les plus secrets de son être pour que sa volonté ne fléchisse jamais ? Même à des kilomètres de distance, je la sentais veiller sur les opérations. Cette force m'avait saisi sur le pont de mon navire lorsque, tout juste libérée de la carcasse flottante qui n'avait de valeur que pour un ferrailleur, la peau et les poumons encore imprégnés des relents de fuel d'un moteur à bout de souffle, elle s'était mise à chanter une berceuse à ses fillettes. Au plus fort du branle-bas qui agitait le pont, matelots et officiers soulageant les malades ou distribuant de l'eau, cris, râles, rires hystériques des rescapés, le chaos s'effaça derrière sa voix rauque. Un chant d'amour montait tout droit de l'enfer.

Fouetté par la culpabilité, je me redressai sur mon séant et jetai un coup d'œil à ma petite compagne qui était retombée dans le silence aussitôt expulsée sa plainte déchirante. La nourrir fut un peu compliqué ; les croquettes n'étant pas à son goût, elle refusa toutes mes propositions ; la sortir de la cage pour l'emmener en promenade, bien plus ardu encore, mots doux, caresses n'y firent rien, elle se recroquevilla contre les barreaux, les oreilles comme des drapeaux en berne. Le dos cassé en deux, je parvins à l'en arracher et la posai sur mes genoux sans toutefois la lâcher. Son cœur, gros comme un pois, palpitait sous mes doigts. Et Dieu qu'il battait vite. Je caressai doucement la petite tête, puis la calai entre mon épaule et mon menton, comme je l'avais fait autrefois avec Neela et Afia, et j'attendis que les battements s'apaisent pour passer le collier à son cou. Ainsi allait-elle pouvoir se dégourdir les pattes, du moins le pensai-je. Nous fîmes quelques mètres sur la plage, moi traînant plus que promenant la petite créature qui demeurait vissée sur son postérieur. Après moult encouragements, ordres et suppliques, je capitulai et la portai jusqu'à la cage que je refermai soigneusement. Pauvre bête, elle se recroquevilla, l'air pitoyable. Pris de remords, je la ressortis de sa geôle au prix d'une nouvelle gymnastique et l'attachai aux barreaux. Un régime de semiliberté, c'était tout ce que je pouvais lui offrir.

Quelques minutes plus tard, j'étais installé sur une banquette moelleuse, les doigts de pieds enfoncés dans le sable, bercé par le ressac, une bière à la main. Prêt à appeler Zohia en dégustant un poisson grillé.

V

Qu'imaginait-il cet énergumène ? Que je resterais assise à l'attendre, alors que des parfums de poisson, de poulet, de crème et de friture me chatouillaient les narines. Jamais je n'avais senti pareil cocktail d'odeurs. La truffe au vent, je tentai de m'en remplir les poumons, faute de combler le vide de mon estomac. D'un ou deux coups de langue, j'attrapai un biscuit écrasé entre les lattes de bois de la terrasse où je me trouvai reléguée. Si peu pour tromper ma faim. Et cette satanée corde qui me retenait à ma cage ; je la mordillai, la rongeai, en vain. Torturée par l'odeur, je secouai la tête comme une enragée jusqu'à ce que le miracle se produise : le collier glissa le long de mon cou, puis passa par-dessus mon crâne et ma truffe, sans que mes oreilles le retiennent. Libre, j'étais libre. Ni une, ni deux, je remontai le courant de ces mille senteurs, zieutant de toutes parts de crainte qu'un pied ne jaillisse sans prévenir et me précipite très loin de ce paradis olfactif.

Rien en vue. Je poursuivis ma route, à l'abri de la forêt de chaises et de tables du restaurant. Des miettes de nourriture parsemaient le plancher, mais des moineaux plus agiles à se déplacer que moi les picoraient déjà avec ardeur. Je tentai le tout pour le tout et m'assis à côté d'une chaise dont l'occupante avait de jolis petits pieds. Avant de défier un adversaire, mieux vaut avoir un aperçu de ses armes. Bien que petits et mignons, les pieds me balayèrent sans que j'aie le temps de croiser les yeux de leur propriétaire. Les yeux, c'est ce qu'il y a de plus révélateur chez les hommes, après l'odeur. Or celle-ci était couverte par un parfum entêtant et trompeur, celui de l'alcool qui, je l'apprendrais plus tard, est un accélérateur de méchanceté. Bref, j'étouffai un couinement et partis la queue basse vers une table voisine où deux petites jambes potelées s'agitaient au-dessus de ma tête. Je restai là un moment à happer tout ce qui tombait. Un chouette endroit, ma foi, jusqu'à ce que les jambes cessent de gigoter et reposent mollement dans le vide.

Repue, je me repliai sur la plage, à proximité d'un palmier, et décidai de me creuser un trou pour la nuit. Après cinq minutes d'effort à évacuer le sable avec mes quatre pattes, je le jugeai assez profond et m'y roulai en boule, seule. Le clapotis si familier de la mer aurait pu me rassurer, mais mes camarades me manquaient, le réconfort d'un autre corps collé au mien me manquait, la chaleur d'un nid partagé... Je soupirai.

Dans la vie, tout est question de chance ; la mienne était d'avoir de quoi manger à profusion, au risque d'essuyer quelques coups de savates. Mon erreur cependant était de considérer les hommes et les poules comme mes seuls ennemis, la notion de territoire m'échappant totalement à l'époque. Le Borgne, le Boiteux et le Pelé ayant régné en maîtres sur notre plage, je n'imaginais pas combien d'envahisseurs ils avaient dû repousser pour préserver ce pré carré. Je n'en fus que plus terrorisée lorsque je vis deux gueules pleines de crocs fondre sur moi. Je ne remarquai que cela, des crocs gâtés, mais aiguisés comme des couteaux, et des yeux qui brûlaient d'une haine sauvage. J'eus la tentation de m'allonger, les quatre fers en l'air, en signe d'allégeance, mais les aboiements enragés qui suivirent me firent changer d'avis. Je bondis hors de mon trou, et partis à fond de train, au risque de m'emmêler les pattes, droit vers le premier refuge qui s'offrait : deux jambes poilues qui accouraient vers moi et entre lesquelles je me lovai. Levant le museau, je reconnus mon geôlier. Sans perdre une seconde, je repris mes pattes à mon cou en quête d'un nouvel asile. J'eus à peine franchi un mètre que le bonhomme plongea sur moi, façon rugbyman, évitant cependant le placage qui m'aurait aplatie. Genoux à terre, il me saisit par le ventre, me souleva dans les airs au moment où les deux molosses s'apprêtaient à m'arracher la queue. Leurs mâchoires claquèrent à l'unisson !

— Foutez le camp ! brailla le sportif.

Le museau fourré dans le creux de son coude, l'oreille collée à sa poitrine, je tentai de reprendre mon souffle, calquant ma respiration sur le tintamarre de son cœur. À tout prendre, j'étais mieux dans ses bras qu'à terre, même si les hurlements de leur propriétaire rivalisaient avec les aboiements des chiens. Par miracle, une pluie de bâtons, venue d'on ne savait où, s'abattit sur nos assaillants qui se replièrent en glapissant. Pauvre Gabriel, ainsi se nommait mon sauveteur, il lui fallut l'aide de deux serveuses pour se relever, non sans grognements et grimaces, et quand l'une d'elles lui conseilla de me lâcher, je sentis ses bras me serrer encore plus fort, tandis qu'il lui opposait un non catégorique. J'étais donc une petite chose précieuse ! À vrai dire, il m'aurait posée par terre que je me serais immédiatement jetée sur ses genoux. Non, je n'étais pas prête à vagabonder, pas à cet instant. Pour être franche, j'avais envie de profiter de ce moment de douceur… la paume chaude qui enserrait ma tête, la voix grave à mon oreille, ces mots qui revenaient :

— Pauvre petite mère, tu as eu chaud, il s'en est fallu d'un cheveu pour que ta queue y passe… ils voulaient te croquer. Comment allons-nous t'appeler ? Coco, pourquoi pas, tu as le ventre rond comme une noix de coco ! Va pour Coco ?

Tout ce babillage les yeux dans les yeux ; de quoi m'envoûter. Mais quand, de retour au bungalow, Gabriel me remit dans ma cage, avec des mots tendres, certes, mais derrière les barreaux malgré tout, je tentai de l'en dissuader par quelques vocalises : j'étais bien trop seule sur cette terrasse, à la merci des dangers, coups de vent, chutes de palmes ou bêtes sauvages. Mes cris de détresse n'y changèrent rien, le cœur que j'avais entendu battre la chamade une heure plus tôt était sec comme une trique. Un bref « chut », et la porte du bungalow se referma sur la nuit. Triste à mourir, je me rencognai au fond de la cage, tâtai un barreau du bout des dents pour finir par m'allonger, tel Cerbère prêt à dévorer quiconque apparaîtrait.

À force d'attendre, je m'endormis. Et me réveillai en sursaut quelques heures plus tard. Une procession de crabes défilait devant ma prison, des crabes minuscules qui me narguaient de leur démarche allègre. Oubliant les barreaux, je tendis la patte pour en attraper ne serait-ce qu'un, mais ma proie fila comme l'éclair tandis que je demeurai là, une moitié de patte hors de la cage, libre, et le reste de mon corps définitivement prisonnier. Non, triple non, je voulais courir sur la plage, me rouler dans le sable, sentir ses grains sur ma truffe et le vent dans mes poils. Je me mis à hululer à la lune une mélopée digne d'une chouette ; tout mon cœur vibrait dans ma voix, tout mon désespoir. La porte du bungalow s'ouvrit, celle de ma cage aussi.

Que croyait Gabriel ? Que j'allais attendre qu'il me mette la corde au cou ? La liberté m'appelait, impossible de résister. Cette fois, je profitai qu'il avait encore les gestes englués et l'esprit ouaté par le sommeil pour lui glisser entre les mains. En deux bonds, je fus sur la plage ; en trois, j'atterris dans le restaurant désert et galopai, museau au plancher. De quelques coups de langue, je léchai une tache de graisse, une flaque de sirop oubliée – était-ce vraiment du sirop ? Je me sentais si joyeuse, à la fois inquiète et surexcitée par les grognements étouffés qui montaient derrière moi.

— Merde ! Merde ! Et merde ! Coco, viens ici ! Ici, j'ai dit, Coco...

S'ensuivit un florilège d'ordres et de jurons qui ne m'empêcha pas de continuer ma route, truffe à terre, oreilles au vent, guidée par mon seul odorat. Vous me trouvez ingrate, écervelée ? Oui, j'étais tout cela, mais très jeune aussi, trop pour écouter la voix de mon maître, cette voix qui allait m'apprendre toutes les subtilités du langage. Légère comme une plume, je sautai dans un fourré, débusquant un rat presque aussi gros que moi. Indifférente, je poursuivis ma course sous un bungalow, sourde aux sifflements de Gabriel. Sauf que j'arrivai bientôt devant un méli-mélo de gravats, m'y enfonçai sans réfléchir pour me retrouver une patte prise au piège d'un fil barbelé. Je tirai sur ma patte, et le fil se resserra, et plus il se resserrait, plus je m'affolais et tirais encore et encore, jusqu'au moment où, dégrisée et vaincue, je me mis à japper à l'aide.

Vous imaginez la suite, un faisceau de lumière qui zigzagua autour de moi, à gauche à droite, en haut en bas, avant de m'épingler comme le lion acculé sous les feux d'un projecteur. Ni jeep, ni chasseurs, ni mise à mort à la clé, mais Gabriel, plié en quatre, qui me dénicha à la lumière de son téléphone portable. De ses gros doigts, il défit le rouleau épineux qui enserrait ma patte. Il me prit sous son bras et je cessai de pleurer.

VI

Quelle nuit j'avais passée ! Risquer la paralysie sous un bungalow. Tout ça pour le sauvetage d'un chiot ! Si je devais me décerner une médaille, ce serait celle de la Société Protectrice des Animaux. Le matin, je pris toutes les dispositions pour éviter une nouvelle évasion : verrouiller la cage, resserrer le collier, promener la fugueuse au minimum. Je ne fus soulagé qu'une fois mon chargement embarqué sur le ferry.

Assis sur le pont – le salon climatisé étant interdit aux animaux –, au milieu de routards de toutes nationalités, cheveux au vent et peau à l'air, j'observais le spectacle du port. J'ai longtemps aimé l'instant de l'appareillage, la barre toute à droite, en avant lente sur la garde, le cul du navire qui s'écarte du quai, et les amarres enfin larguées. Ce quai qui s'éloigne, le port qui s'amenuise, et l'horizon qui s'ouvre, semblable à un écran démesuré sur lequel toutes les histoires pourront se jouer. Là, mes poumons se gonflaient comme jamais.

Jusqu'au jour où je laissai Zohia et ses fillettes derrière moi, abandonnées dans un camp sur une île aride. Chercher la liberté et trouver des barbelés. Pour la première et dernière fois de ma vie, je songeai l'espace d'un instant à confier mon navire à mon second et à sauter à l'eau pour rejoindre la terre. Piètre capitaine, pensez-vous, ensorcelé par une sirène ! Sauf que Zohia n'avait rien d'une femme-poisson et qu'elle ne causa pas ma perte, au contraire ; grâce à elle, je me transcendai. Moi, entièrement voué à mes hommes et à mon navire, amariné corps et âme, en mal de mer passés cinq jours sur terre, reconnu pour ma maîtrise en toute circonstance, je ne pensais plus qu'à Zohia. Zohia au réveil, Zohia sur la passerelle, Zohia dans l'objectif de mes jumelles, sur l'écran du radar, Zohia dont la voix effaçait celle du pilote lors de l'entrée au port... Un autre moi-même, vous dis-je, oublieux du diktat paternel.

Au point qu'à peine ma mission achevée, je retournai sur l'île où je l'avais laissée.

Mais revenons-en à Coco. Était-ce l'odeur du large, celle du fuel ou l'effet du tangage, toujours est-il que, le port encore en vue, elle se mit à couiner, levant ses grands yeux affolés vers qui voulait bien la regarder. La traîtresse ! Elle émut le groupe de jeunes gens qui m'entouraient : « Oh qu'elle est chou ! » s'ébaubit une jolie rousse entre deux accords de guitare, « Waouh ! Yoda tout craché ! » commenta son compagnon, une demi-portion tatouée des mollets à la nuque. Alors que la bande acquiesçait, je demandai qu'on m'explique cette référence qui m'échappait. « *Le côté obscur de la force, redouter tu dois !* » déclama la troupe en chœur. Et sans m'éclairer davantage, ils me bombardèrent de questions : Étais-je le propriétaire du chiot ? Oui, enfin non, presque, je l'avais adopté. D'où venait-il ? Où allions-nous ? Assise dans sa cage, les oreilles à l'horizontale, tel un planeur en vol, Coco examinait d'un œil perplexe les doigts qui s'agitaient entre les barreaux. Un morceau de fromage eut raison de ses hésitations. Elle lécha un ou deux ongles rongés et se prêta non sans réticence à quelques caresses. Finalement, je la sortis de sa prison et la pris sur mes genoux. Quel idiot étais-je, quel fanfaron ! Raconter ma mission par le menu en échange de quelques sourires et de deux ou trois larmes de crocodile. Et transformer Coco en trophée ! Celle-là n'apprécia guère ce moment de gloire, elle fit même mine de retourner dans sa cage. Pour être franc, nous devions ce succès à ce pont bondé d'étrangers ; un étage plus bas, les passagers auraient été moins sensibles au charme de notre duo. Aucun, j'en suis certain, n'aurait tenté d'approcher ce chiot crasseux.

Nous débarquâmes dans la plus grande confusion. La manœuvre d'accostage n'avait pas débuté que les voyageurs s'ébrouaient, pressés de rassembler leurs paquetages. À commencer par mon voisin tatoué, belge comme moi m'avait-il confié un peu plus tôt, qui se harnacha comme un guerrier, un sac sur le ventre, un autre sur le dos, et un tapis de sol roulé dans la nuque. Cet équipement ne lui suffisant pas, il me proposa de porter la cage de Coco. Je m'inquiétai de tant de poids sur ses épaules, mais le garçon rejeta mes scrupules. Ainsi, à peine eus-je accepté qu'il déploya ses bras, incroyablement longs au regard de sa taille, pour hisser mon précieux colis dans les airs et le déposer sur sa tête, oui sa tête, puis il se glissa dans la queue qui s'était formée dans l'allée. Je m'empressai de me lever, déterminé à ne pas le quitter d'une semelle, mais il fendait déjà la foule. Par quelle ruse parvint-il à doubler tout le monde, je ne sais, mais je le vis avancer, ou plutôt vis-je Coco tanguer derrière ses barreaux, comme emportée par un mascaret, car le faux gringalet ne ralentissait pas la cadence. À croire qu'il voulait être le premier à sauter sur le quai ! Je n'eus d'autre choix que de creuser ma place dans ce chaos de sacs à dos défraîchis, de valises à roulettes et de cartons plus ou moins solidement ficelés, n'économisant ni mes « pardon » ni mes « sorry, perdone, maaf », avec pour seule boussole la cage qui oscillait au-dessus de cette marée humaine. Moi, d'une nature si calme et si polie, je marchais sur les pieds, jouais des coudes, pestais même tout haut contre l'inconscient qui malmenait ma petite camarade. Imaginez qu'elle ait été sujette au vertige ! Enfin, je touchai terre, mais le gaillard, lui, poursuivait son chemin à grands pas ; je le rattrapai devant l'arrêt de bus où sa petite amie, la jolie guitariste rousse, achetait des billets. Sans reprendre mon souffle, je tapotai le bras du garçon :

— J'aimerais récupérer mon chien...

— Oh, désolé, désolé ! fit-il les yeux écarquillés, j'avais oublié...

Fallait-il être jeune, costaud et amoureux pour oublier un tel fardeau !

Mais l'amour, je connaissais ! Le grand amour, celui qui vous transporte dans une nouvelle dimension. En l'occurrence, il m'avait tout d'abord conduit sur une petite île venteuse où ne poussaient que les oliviers et les barbelés d'un camp de rétention. Mon sésame, ç'avait été une photo prise dans le carré des officiers transformé en nursery à la suite du sauvetage. Zohia et son sourire magique, une jumelle dans chaque bras, et moi, grand échalas en bras de chemise à ses côtés, un doigt coincé dans la menotte d'Afia. Avais-je jamais été aussi ému de ma vie ? Je ne pense pas. Zohia, les yeux droits vers l'objectif, dont je montrai la photo à un employé du camp, puis à un deuxième, un troisième, la photo passant de main en main, chacun l'examinant attentivement, un coup d'œil au cliché, un autre à mon visage, soupesant la ressemblance qui justifierait mes recherches. Et toujours ce même hochement de tête désolé. « Il y a tant de gens qui passent ici, me disait-on, et de plus en plus de femmes accompagnées d'enfants »... Je refusai de renoncer et m'enfonçai entre les allées de baraquements en tôle surchauffée, sous la conduite d'une employée, effaré par la tragédie que je découvrais. Enfants accrochés au grillage, hommes dormant sur de minces couvertures sous un soleil de plomb, femmes balayant inexorablement la poussière sur le seuil d'une cabane.

— Je me souviens, me confia enfin un homme, j'ai entendu cette femme chanter. Quelle voix ! Je ne crois pas qu'elle soit encore ici, il me semble qu'elle est partie très vite. Allez voir si la psychologue est dans son bureau, elle pourra peut-être vous renseigner.

C'est ainsi que j'appris que Zohia avait été transférée dans un couvent sur le continent, tout au nord du pays, un lieu destiné aux mères et aux enfants. Je repris le bateau, puis l'avion, puis louai une voiture... Mais qu'est-ce qui me poussait ainsi ? La beauté de Zohia, la frêle menotte d'Afia enserrant mon doigt, la vision que j'avais eue de ce rafiot prêt à s'enfoncer, l'effroi qui m'avait submergé à l'idée de voir ces gens, tous ces gens, disparaître sous les yeux de mon équipage et, une fois le sauvetage accompli sans qu'aucune vie ne soit perdue, la conscience d'une responsabilité qui m'incombait dès lors que ces hommes et ces quelques femmes – elles étaient trois – avaient posé pied sur le pont de mon navire. Si un sentiment m'animait, ce n'était pas celui de ma toute-puissance, mais plus certainement la conscience de ma petitesse face à l'implacable injustice du monde. Et pourquoi Zohia et non une autre femme ? Parce que le cœur choisit.

Quinze années avaient passé, mais, une fois encore, mon cœur s'emballa lorsque je la vis, à quelques mètres de l'arrêt de bus où j'avais récupéré Coco, radieuse dans son pantalon de toile et sa blouse bleu marine, de larges créoles scintillant à ses oreilles, adossée à notre 4x4 brinqueballant – une bétaillère aurait été plus adaptée à notre famille nombreuse. Comme à chacune de ses apparitions, je mesurai mon bonheur ; à vrai dire, je ne cessais de m'émerveiller de cette vie que le hasard m'avait offerte. J'avais découvert l'amour quand je n'y croyais pas, et aussi que la fragilité était l'alliée de la force, que la solitude n'existait pas dès lors que l'on aimait, pas plus que ne comptait la distance, car l'amour est une présence intérieure qui bannit les kilomètres et même la mort, présence douloureuse parfois, mais toujours fortifiante.

Je soulevai la cage et la balançai doucement dans la direction de Zohia qui avançait vers moi à grands pas, le vieux Marcus sur ses talons. Celui-ci me grimaça un sourire de bienvenue, les babines grisonnantes retroussées jusqu'aux narines, puis il fit le tour de la cage, la flaira longuement, daigna même lécher sa locataire, avant de retourner à sa place favorite, dans l'ombre de Zohia. Le consentement de Marcus valait un adoubement, c'était pour nous la certitude d'une intégration réussie au sein de notre maisonnée. Zohia me gratifia d'un de ses sourires magiques qui irradiait toute sa personne, posa un baiser furtif sur ma bouche avant de se pencher sur la cage, pressée de découvrir notre nouvelle recrue.

— Pauvre petite mère, dans quel état es-tu ? Un bain, un bon repas, et tout ira mieux. Tu verras, tu seras bien à la maison...

Coco la regardait avec une telle intensité que j'eus l'impression qu'elle saisissait chacun des mots que Zohia prononçait. J'en fus bêtement vexé.

— Coco, précisai-je en m'asseyant tout raide sur le siège passager.

— Quoi Coco ?

— C'est le nom que je lui ai donné...

— Tu lui as déjà donné un nom ? s'étonna Zohia en démarrant. Ça lui va à merveille ! N'est-ce pas, ma Coco ?

Que dire du comportement de Coco durant sa période d'adaptation ? Qu'elle fut contrariée par le bain qu'Augusto lui prépara. Qu'elle lui enserra le cou de ses pattes de chauve-souris lorsqu'il voulut l'y tremper, et sortit les griffes pour mieux s'accrocher à son perchoir. Je décidai de l'en retirer, en vain, elle semblait déterminée à grimper encore plus haut, aussi fallut-il que Zohia s'en mêle pour libérer le pauvre Augusto. Ce fut elle qui se chargea des ablutions, à genoux devant la bassine, fredonnant une berceuse au rythme du cliquetis de ses créoles. Puis elle enveloppa Coco dans une serviette, la frictionna aussi tendrement que s'il se fut agi d'un nourrisson avant de la déposer sur un banc. Là, couchée dans sa tenue de bain, Coco observa de ses grands yeux candides le monde qui l'entourait. Les chiens furent autorisés à l'approcher, et chacun, sans exception, vint lui présenter ses hommages. Coco se laissa renifler sans broncher. Pour être honnête, le seul qu'elle fuyait, c'était moi. Son kidnappeur, son geôlier.

VII

Était-ce le paradis ou l'antichambre de l'enfer ? Vu le souvenir cuisant que j'avais de la cage, je ne savais que penser. Et ce n'était pas la peau de mon ventre tendue comme un ballon qui allait me rassurer, ni les minauderies de Gabriel, ses Coco par-ci, Coco par-là ; il en aurait fallu bien plus pour m'amadouer.

Ce dont j'avais besoin, c'était d'un nid tout à moi, un nid où reprendre mes esprits et faire le point. Faute de sable, je creusai mon trou dans un chiffon, ou peut-être un foulard, égaré dans un coin de la pièce sous un bouquet de verdure tout ce qu'il y avait de plus exubérant, composé de plantes qui s'élançaient à l'assaut de la voûte et retombaient en longues lianes, lesquelles glissaient tel un rideau vers le sol. Sous cette grotte végétale, je crus un moment être à l'abri de tous ces chiens qui traînassaient autour de moi depuis mon arrivée, sans jamais cesser de me reluquer. Mais j'eus beau me camoufler, me rouler en boule, cacher mon museau sous mes quatre pattes, ils parvinrent encore à me flairer, et les fesses, et la truffe. J'aurais été plus aguerrie, j'aurais montré les crocs ; mais que pouvais-je faire avec des dents de lait, à part supporter la curiosité de mes congénères ? M'enfuir peut-être, mais où aller ? La mer que j'avais toujours eue sous les yeux avait mystérieusement disparu, remplacée par des arbres qui se dressaient partout où le regard se dirigeait. Le vert avait avalé le bleu.

Cependant, pour rien au monde je n'aurais tenté de me sauver, car, depuis mon refuge, je couvais des yeux la grande femme noire qui m'avait torturée avec tant de raffinement. Oui, torturée. Parce que ç'avait été un vrai supplice de me retrouver une nouvelle fois à barboter dans un bain, et en si peu de jours ! De plus, qui dit bain dit nouvelle odeur, et celle-ci gomma une nouvelle fois mes parfums chéris, au point que je crus mon odorat à jamais perdu. Tout mon équilibre remis en question. Imaginez-vous perdant la vue et le toucher, votre perception du monde n'en serait-elle pas entièrement chamboulée ? Et comment s'orienter, comment discerner l'ami de l'ennemi ? parce que les sons ne sont pas tout, tant s'en faut ; l'odorat, c'est la mémoire. Pour couronner le tout, je ne savais plus qui j'étais : un chien des rues ou un toutou de riches ? Pourtant, par je ne sais quel sortilège, cette femme, cette Zohia, avait empêché mon cœur de s'emballer alors que je trempais dans l'eau, toute barbouillée de mousse. Elle m'avait pétrie comme de la pâte à pain, des cuisses jusqu'au crâne en passant par les coussinets qu'elle avait écartés l'un après l'autre. Rien n'avait échappé à ses palpations. Pourtant, je ne pouvais la quitter du regard. Nul doute, j'avais succombé à ses massages et à la douceur de sa voix. Quant à ses yeux ! quels yeux elle avait ! quand ils plongeaient dans les miens, mes peurs s'évanouissaient. Sans rire, moi qui étais si prompte à fuir les dangers, je me serais blottie dans son giron vanillé et n'en aurais plus bougé.

Tout aussi possédé que moi, Gabriel tournait sans fin autour de Zohia. Où qu'elle aille, il rôdait. Dans le salon, dans la cuisine, sur la terrasse. Elle était toujours accompagnée. Lui et le vieux Marcus sur les talons. À croire que ces deux-là n'existaient pas sans elle.

La différence – et elle était de taille –, c'est que Marcus était discret, seules ses griffes qui cliquetaient sur le sol signalaient sa présence rapprochée ; Gabriel, lui, semblait vouloir noyer Zohia sous un flot de paroles. Rien ne semblait pouvoir l'arrêter. Et que je jacasse, et que je jacasse, comme une colonie de sternes au-dessus d'un banc de poissons. Nullement perturbée, Zohia poursuivait ses activités aux quatre coins de la cuisine tout en lui répondant avec parcimonie. Un sourire, quelques « oui », deux ou trois « non », une tape sur l'épaule, une caresse sur la joue, il n'obtenait guère plus, hormis un baiser de temps à autre dont j'aurais préféré être la destinataire. Qu'avait-il donc de si passionnant à lui raconter ? Les oreilles en arrière, je réussis à suivre leurs va-et-vient les yeux fermés, mais malgré tous mes efforts, la logorrhée de Gabriel finit par m'endormir. Ce fut le silence qui me fit tendre le cou à travers mon rideau de verdure. Plus de Gabriel en vue. La grande salle était vide, Zohia se tenait devant moi, pieds nus sur le carrelage. Elle se pencha, écarta délicatement les lianes et m'emporta dans ses bras. Mes yeux croisèrent les siens et, par je ne sais quelle magie, je m'endormis.

Ensuite, les jours se suivirent, identiques. Excepté le murmure des vagues qui persista un temps à rouler dans mes oreilles, puis s'estompa.

Était-ce un rêve cette sensation de satiété ? Et l'impression de ne faire que jouer ? Avec Boy dont j'attrapais la queue – à moins qu'il attrape la mienne –, quand ce n'était pas celle d'un des quatorze chats de la maison, initiative plus audacieuse qui impliquait de filer entre les pieds des meubles, et parfois de sauter sur un canapé – quand j'y parvenais – pour me mettre à l'abri du félin furibond qui m'y rejoignait prestement. Suivait un tête-à-tête passablement effrayant, le chat qui crachait sa colère, et moi qui me fourrais au milieu des coussins pour échapper aux représailles.

Chien et chat, pensez-vous, c'est oublier Calypsos, une belle petite chatte rousse, le poil aussi soyeux que le mien était rêche, et la queue en virgule. Elle ne crachait jamais, Calypsos, pas plus qu'elle ne sortait les griffes, pas même quand je me jetais sur elle par surprise. Elle roulait immédiatement sur le dos et me lançait des coups de patte que je m'amusais à bloquer avec la gueule. Boy et Calypsos occupés ailleurs, je m'attaquais aux babines de Marcus, qui m'accueillait avec l'indulgence d'un vieux père envers sa petite dernière. Qui grognait gentiment, aboyait parfois en réponse à mes jappements, mais tout juste grondait-il lorsque j'arrachais une touffe de poils de son cou. Pas rancunier pour deux sous, il me laissait m'allonger à ses côtés lorsqu'il s'affalait sur le carrelage frais. La tête posée sur sa cuisse, je me sentais pleinement en sécurité.

Elle était belle la vie, endormie sur le flanc de Marcus ou lovée dans les bras de Zohia. Et pourquoi pas ceux d'Augusto, tout imprégnés de l'odeur des poulets dont il emplissait nos gamelles. Des monceaux de têtes que nous engloutissions tous les jours. Il y avait également les touristes qui se succédaient, et dont, en tant que cadette, je faisais fondre le cœur, ce qui me valait maintes gourmandises entre les repas.

Seule ombre à mon petit paradis, Gabriel. À peine apparaissait-il que je me dressais sur mes ergots et aboyais. Pavlov invoquerait le réflexe, je lui opposerais l'instinct. Celui des mains qui se referment, des barreaux qui enferment. Celui d'une terreur absolue. Cependant Gabriel ne désarmait pas. Moi non plus. Nous menions une guerre franche et honnête, chacun y mettant tout son cœur. Lui qui s'acharnait à vouloir me promener, la laisse au cou ; moi qui refusais de faire plus de vingt pas, et vingt pas, étant donné ma taille, c'était une bien courte distance. Ensuite, je me couchais par terre et laissais Gabriel tirer, tirer sur le collier qui aurait pu glisser par-dessus ma tête si mon cou ne l'avait retenu cette fois, la faute à cette profusion de nourriture dont je m'émerveillais chaque jour. Je n'étais plus à proprement parler ce petit paquet d'os susceptible de s'envoler au premier courant d'air.

Face à ma résistance passive, chacun y allait de son avis, tout particulièrement les touristes qui s'émouvaient de la scène :

— Ça alors, un chien qui n'aime pas se promener ! s'exclamait l'un.

— Il a peut-être peur du monde extérieur ? lançait l'autre.

— Ou d'être abandonné... proposait un troisième.

– Non, non, c'est la marche qui lui déplaît... reprenait le premier.

La marche aux côtés de Gabriel, aurait-il fallu préciser. Mais celui-ci ne s'avoua pas vaincu.

Un jour que Zohia s'était rendue au port, escortée par Marcus – lui seul avait le privilège de l'accompagner au long de ses sorties –, Gabriel décida de les y rejoindre. Avec moi. Puisque je refusais d'avancer, il me posa dans un panier à provisions, accroché au guidon de son vélo, et y attacha ma laisse afin d'éviter toute tentative de fuite. Que dire, si ce n'est que ce fut une révélation. La première idée qui me passa par la tête fut de sauter de ce perchoir branlant. Mais quand Gabriel se mit à pédaler et le vélo à prendre de la vitesse, je fus très vite grisée. Chacun de mes pores s'ouvrit sous l'exquise caresse du vent qui s'insinuait entre mes poils avec la légèreté d'une plume, qui les soulevait en effleurant ma peau, le vent qui transportait mille parfums venus de toutes parts, lesquels titillaient mes narines agitées d'autant de soubresauts. Quant à mes oreilles, elles s'appuyaient sur ces courants d'air odorants pour assurer mon équilibre ! Que de sensations, que de vibrations ! Ah quelle aventure pour qui n'avait jamais connu d'autre mode de locomotion que ses pattes – j'avais volontairement effacé de ma mémoire l'équipée en tricycle.

Quand nous arrivâmes au marché, j'étais transfigurée, ou bien était-ce Gabriel, en tout cas, plus rien n'était comme avant. Il m'enveloppa de ses bras puis me déposa par terre avec force grimaces, et je me laissai faire sans plus de réticence. Je soutins même son regard, chose que je n'avais pas faite depuis le jour où il m'avait sauvée de la mâchoire des molosses, à la plage. À dire vrai, je n'y vis que bonté.

Dès lors, chaque fois que j'entendais grincer la pédale du vélo de Gabriel, je bondissais sur mes quatre pattes et galopais aux trousses de mon maître jusqu'à ce qu'il daigne m'emmener. Les deux ou trois fois où il fit mine de ne pas me voir, il en fut pour ses frais, car je le rattrapai et hop ! d'un coup de dents, chopai son pantalon. Le jour où il porta un short, eh bien, ce furent ses mollets qui trinquèrent. Il n'empêche qu'il m'oubliait rarement lors de ses expéditions qui, j'en suis convaincue, nous comblaient l'un comme l'autre.

C'est au cours d'une de ces sorties au marché que mon avenir se joua. Affolée par l'orgie de senteurs qui fusait des étals, épices, sang frais, beignets frits et poissons grillés se mêlant et s'entremêlant telles les gerbes colorées d'un feu d'artifice, je conservai néanmoins le cap, mon pas calé sur celui de Marcus, lui-même filant dans le sillage de Zohia, jusqu'à ce qu'un mélange de patchouli et de crasse me fouette le museau. Je m'arrêtai net, les narines en alerte. Surpris, Gabriel m'enjamba de justesse, mais faillit s'écrouler sur Marcus qui bondit de côté. Zohia qui avait, c'est certain, des yeux derrière la tête, se retourna à temps pour cueillir Gabriel dans ses bras. Tout cela à cause d'une odeur ? Non, pas une simple odeur ; toute une histoire passée et à venir.

Cependant je négligeai un instant le petit gyrophare qui s'emballait dans ma tête pour répondre aux cris alarmés de Zohia et de Gabriel. Mais oui, j'allais bien ! Mais non, Gabriel ne m'avait pas écrasée. Pour le prouver, je me dandinai vers mes maîtres, si heureuse de constater combien comptait ma santé.

Hélas, les hommes n'ont aucun flair ! Quant au sixième sens, c'est une plaisanterie. À moins que les femmes ne soient mieux loties ? Voyez Zohia, quand elle avisa ce barbu, tatoué de partout, qui se tenait droit comme un « i » sur une natte, bras ouverts et yeux bandés, entre une vendeuse de têtes de porc et une marchande de riz, oui, celui-là que nous avions croisé sur le ferry. Admirez le mouvement de recul qu'elle eut, sursaut aussi imperceptible qu'instinctif, alors que Gabriel gratifia le gaillard d'un sourire non feint. Il était ainsi Gabriel, poli et affable ; il l'est toujours.

Doté probablement d'un superpouvoir, ou d'un bandeau extrafin, le garçon happa littéralement Gabriel qui se retrouva pressé contre son torse nu, le menton posé sur le crâne fraîchement rasé du tatoué. Délaissant sa proie, celui-ci s'accroupit et profita de ses longs bras pareils aux pinces d'une grue pour me saisir par le cou comme une mère l'eût fait d'un chiot récalcitrant, sauf que je n'étais plus un chiot et encore moins son chiot. Surprise par tant de familiarité, je couinai ma contrariété, me débattant comme je le pus, jusqu'à ce qu'il me repose à terre, sous le regard ulcéré de Zohia qui se tourna vers Gabriel en quête d'explications.

— Ce jeune homme...

— Julien... fit l'intéressé en relevant un bord de son bandeau.

— ... Julien était sur le ferry avec nous, reprit Gabriel, d'un ton empressé. Coco et lui ont sympathisé...

Sympathisé, et quoi encore !

— C'est votre grand cœur, à tous les deux qui m'a impressionné ! Waouh ! Sauver une vie, c'est beau !

Trois paires d'yeux – ou plutôt deux paires et demie – se posèrent sur moi qui me réfugiai illico entre les pattes de Marcus. Ce Julien, comment dire ? il exhalait une nuée d'hormones aussi toxiques qu'un nuage radioactif.

VIII

Quand nous quittâmes le marché, Zohia était du même rouge que les braises, la peau aussi incandescente que les entrailles, je n'eus pas besoin de la regarder pour sentir sa colère irradier. Pas plus qu'elle n'eut besoin de prononcer un mot, ce dont elle s'abstint d'ailleurs, ceci étant pire encore. C'était une de ces colères brutes, sèches, dont elle avait le secret, et qui se matérialisait au-dessus de ma tête en un nuage noir, gras et boursouflé d'éclairs. Zohia me quitta sans un regard pour rejoindre sa voiture tandis que je regagnais notre foyer à bicyclette, Coco dans son panier, car c'était le sien désormais et non plus le panier à provisions.

— Ta maîtresse est fâchée, lui expliquai-je en pédalant. Très fâchée... Je peux dire sans me tromper qu'elle n'aime pas Julien.

Attentive comme jamais, le poil hérissé tout le long de la colonne vertébrale en dépit d'un vent debout, Coco tendait une oreille toute droite, l'autre flottait mollement.

À la maison, l'accueil fut glacial. Je tentai d'aider Zohia qui s'affairait à ranger les courses aux côtés d'Augusto, mais elle me fit comprendre qu'ils n'avaient nullement besoin de mon soutien. Je me retirai donc dans mon repaire, la cabane sur pilotis sous laquelle sommeillait ma pirogue, cachée tout au bout de notre carré de jungle, à la lisière d'une plage microscopique. Une cabane en bois construite de mes mains dans laquelle j'avais disposé à même le sol un épais matelas – idéal pour la sieste –, une table de travail, quelques étagères où ranger mes livres et mes appareils photo chéris, puisque je m'étais trouvé un hobby faute de pouvoir naviguer : photographier les papillons, et il y en avait des myriades ici, parmi les plus beaux spécimens au monde, de la taille d'un moineau parfois, de telle sorte que mon intérêt s'était bientôt porté sur les oiseaux, puis les lézards – allez savoir pourquoi ? –, les singes également, bref à tout ce qui passait à hauteur de mon objectif.

Pour en revenir à mon antre, c'était le refuge où je cultivais mon jardin secret, l'abri idéal où me retirer par gros temps. Car non, la vie à deux n'est pas une mer d'huile, elle est ponctuée de tempêtes et semée de lames de fond qui peuvent conduire au naufrage. Surtout quand la passion s'en mêle. Aussi, n'ayant pas l'âme d'un martyr, m'étais-je bâti cette cahute pour les jours où l'amour s'apparenterait à une pluie de flèches. D'ailleurs, ma retraite n'était plus solitaire depuis que Coco s'était attribué une place de choix sur le fauteuil en osier, tandis que je palabrais au creux d'un oreiller. À peine se roulait-elle en boule, qu'elle s'endormait ; ce devait être le ressac qui la berçait, lui rappelant les premières heures de sa vie. S'il arrivait que mes monologues intérieurs soient interrompus, c'était uniquement par la chute d'un ou deux singes bataillant sur le toit ou le chant d'un gecko en mal de femelle.

En ménage, mieux vaut crever immédiatement l'abcès, car le silence, quand il se prolonge, prend des allures de reculade honteuse ou de bouderie puérile. Aussi décidai-je rapidement de quitter ma tanière pour affronter

Zohia que je trouvai en train de lire tranquillement dans le salon – ou bien ruminait-elle sa rage en compulsant les pages d'un journal. À ses pieds, la meute au complet, tel un tapis de fourrure. Sûr qu'en se rassemblant autour d'elle, les chiens espéraient tempérer son humeur explosive. Eh oui, je crois aux vertus relaxantes des bêtes. En certains cas du moins...

— J'ai dit quelque chose de mal ? demandai-je en enjambant des pattes et des têtes afin de m'asseoir en face de ma femme.

— Proposer un coup de main à ce garçon en cas de besoin, répondit-elle tout net...

— Il vient de Namur, il est jeune, que veux-tu que je fasse ? Il m'a aidé à porter la cage de Coco...

Argument fallacieux qu'elle ignora :

— Eh bien, je n'aime pas les manières de ton compatriote. Qu'est-ce qu'il faisait là à proposer l'accolade ? Diffuser les mauvaises ondes ?

— Tu exagères toujours. C'est un farfelu.

— Ta propension à aider tout le monde pourrait bien finir par te nuire...

Je vous ai parlé de flèches, celle-ci était empoisonnée.

— C'était juste une proposition en l'air, une forme de politesse.

— Toi seul l'a prise pour une proposition en l'air. Je te parie que ce garçon s'empressera de passer à la moindre occasion...

Voilà que refaisait surface notre vieux contentieux.

Vingt ans plus tôt, ma recherche éperdue de Zohia m'avait conduit jusqu'au monastère où elle et les filles avaient été hébergées. J'utilise le plus-que-parfait, hélas, car elles n'avaient laissé là-bas que des regrets, ceux des membres de la confrérie de n'avoir pas su leur donner envie de rester malgré les formations proposées, cuisine-tricot-ménage, et les soins prodigués aux fillettes. Imaginez mon dépit après avoir roulé une nuit entière dans une voiture de location, certain de toucher au but. Mais quel but ? Je n'avais même pas pris la peine de me poser la question. J'avais conduit, une rose rouge entre les dents et le cœur palpitant, avec, dans la lumière des phares, le visage de Zohia. À chaque trouée lumineuse son profil : à droite, le profil droit ; à gauche, le profil gauche.

Inutile de dire que mon cœur tomba comme une pierre lorsque j'appris la nouvelle tout juste après avoir franchi les grilles du monastère : la mère et les fillettes s'étaient évaporées quinze jours plus tôt. Je pris sur moi pour remercier mon interlocuteur, lui-même visiblement éprouvé par cette disparition, réfrénant mon envie de lui arracher la photo que je lui avais remise afin de m'assurer que nous parlions de la même Zohia, photo qu'il tenait d'ailleurs bien trop serrée entre ses doigts pour que je la lui reprenne de force sans risquer de la déchirer. Je faillis renoncer à mon entreprise – entendez par là mes recherches –, tant j'étais abattu. Quand j'y pense, quelle folie ! Merci à cette jeune femme qui, passant par là, jeta un coup d'œil curieux au trésor que nous nous disputions. Mon informateur parti, elle me souffla d'en toucher deux mots au jardinier. Ce disant, elle désigna d'un mouvement du menton un homme jeune à la chevelure d'un jaune automnal qui chargeait des tombereaux de feuilles dans une brouette. Reprenant courage, je traversai la pelouse en quelques enjambées pour rejoindre le jeune homme en question, m'excusai de l'importuner en plein travail, excuses qu'il balaya d'un sourire en posant sa pelle.

— Une petite pause sera la bienvenue. Regardez toutes ces feuilles mortes ! On n'a jamais vu ça à cette saison !

Il jeta un regard à la ronde. Sous la lumière crue du matin, la pelouse ressemblait à un paillasson racorni nappé de taches brunâtres.

Je hochai la tête poliment, pressé de lui montrer mon portrait de famille. Le sourire s'évanouit aussitôt et les yeux se vidèrent. Plus d'expression, rien, le visage inerte, les traits flasques.

— Je suis à la recherche de cette jeune femme, dis-je le plus posément possible.

Il n'aurait plus manqué qu'il me prenne pour un fou ou pire, un policier. Heureusement que je figurais sur le cliché dans ma tenue de commandant. L'homme déglutit, tout en scrutant mon visage pour s'assurer que j'étais bien le même que sur le cliché. Le réflexe de tous celles et ceux à qui j'avais montré la photo. Ses joues retrouvèrent leur hâle.

— C'est vous qui avez sauvé Zohia ?

— Mon équipage, oui.

— Elle m'a parlé de vous...

La suite, le jeune jardinier me la confia après qu'il eut achevé son labeur. Il se livra devant une bière – l'effet des galons, il n'y a rien de tel pour gagner la confiance –, loin des oreilles du monastère. Des femmes, il en avait vu passer depuis le temps qu'il y travaillait, jeunes pour la plupart, accompagnées d'enfants souvent tout petits. Elles restaient plusieurs mois, repartaient ou se volatilisaient comme Zohia. Sauf que Zohia n'avait pas disparu, du moins de son point de vue, puisque c'était lui qui l'avait aidée à poursuivre sa route. Ce disant, il s'empressa de préciser que c'était la première fois qu'il cédait à pareille requête. Et la dernière, tant il avait eu peur. Mais il ne regrettait rien, ajouta-t-il crânement. Pourquoi l'avoir fait pour elle ? Évidemment, elle forçait le respect par sa détermination. En fallait-il du courage et de la ténacité pour contredire un destin et s'arracher à la fatalité, il en savait quelque chose, lui qui n'avait jamais quitté sa région sous la pression d'une famille pourtant tout ce qu'il y avait de plus ordinaire. Mais par-delà Zohia, cette force définissait toutes ces femmes qu'il avait côtoyées sans jamais les connaître vraiment. Ce qui le convainquit en fin de compte, ce fut sa voix. Plus que convaincre, elle l'ensorcela en chantant. « Une voix profonde et chaude », me dit-il rêveur. Elle lui avait fait penser au chant d'un oiseau, et il n'avait pas supporté l'idée qu'elle s'étiole.

Alors ? Eh bien, il emprunta une voiture, et, un matin, à la première lueur du jour, il la gara derrière la chapelle du monastère où l'attendaient déjà Zohia et les enfants. Pas même le temps de se retourner pour ouvrir la portière que la jeune femme était assise sur le siège arrière, une fillette calée sous chaque bras. Là, il se vit dans la peau d'un gangster, d'un espion, mais certainement pas dans celle d'un chauffeur de taxi.

Ils roulèrent en direction de la montagne dont il connaissait tous les escarpements, toutes les crêtes, toutes les failles ; c'était son terrain de jeu depuis l'enfance, il y avait campé si souvent, avec son père, puis avec ses copains. Quant à la frontière, il l'avait franchie maintes fois dans un sens comme dans l'autre, sans même s'en rendre compte. Mais ce jour-là, il prit pleinement conscience de sa matérialité. Et bien avant de la traverser. Tout le long du trajet en voiture, puis à chaque pas qu'il fit avec une fillette sur le dos et un sac sur le ventre. Jamais il n'avait perçu ses sens avec autant d'acuité. L'ouïe principalement. Comme si elle était soudain surdéveloppée. La respiration légèrement sifflante de l'enfant endormie dans son dos, le craquement des brindilles sous ses pieds, le froissement des feuilles au passage d'un lézard, le gargouillis d'un torrent, pas un bruit qui ne lui échappait.

— Batman en personne ! plaisanta-t-il.

Toujours est-il qu'ils passèrent sans encombre. En vérité, de sa vie, il n'avait jamais croisé un douanier dans ce coin. Ils marchèrent une bonne heure encore, se reposèrent, repartirent. Ils ne parlèrent guère, mais avant de lui faire ses adieux dans une petite gare où il acheta des billets de train – le moins qu'il pût faire –, Zohia lui montra un papier sur lequel était inscrit une adresse. C'était là qu'elle se rendait, à l'église Sainte-Croix d'Ixelles.

Pour en revenir à ce fameux contentieux qui n'en finissait pas de surgir entre Zohia et moi, il portait en partie sur l'entêtement que j'avais eu à la retrouver. Oui, elle me reprochait de l'avoir recherchée, ou plutôt d'être tombé amoureux d'elle alors qu'elles étaient trois rescapées sur mon navire, trois belles femmes aussi avides de bonheur les unes que les autres. Pourquoi l'avais-je choisie, elle, l'empoisonneuse, la moins-que-rien qui avait été littéralement vendue par ses parents à un voisin ? Avec, en plus, une gamine suspendue à chaque bras, alors que ses deux compagnes demeuraient libres de leurs mouvements. Sur son chemin, ça n'avait été qu'hécatombes, son premier enfant d'abord, ce mari ensuite – bon débarras –, de nombreux postulants à la liberté comme elle, compagnons de mauvaises fortunes disparus sous le sable ou dans la mer. Elle en avait vu plus d'une ou un être avalé par les flots, main tendue vers le ciel comme un dernier adieu à la vie. Plus sûrement l'ultime espoir d'être secouru. Ces images ne s'effacent pas, elles ne s'oublient pas, elles restent fichées dans le cœur, pareilles à une épine.

À l'heure qu'il était, Zohia avait la même expression farouche que le jour où je l'avais enfin rattrapée, les yeux comme deux fentes zébrées d'étincelles. Ce regard, à jamais gravé dans ma mémoire, m'avait mis au défi : qui étais-je, moi, pour prétendre l'aimer ? Étais-je au-dessus des autres, indifférent à la malédiction qui pesait sur elle ? Un premier-né mort avant d'avoir poussé un cri, l'arrivée de jumelles, ce mari décédé... un malheur sans cesse renouvelé, pareil aux mues successives de la mygale. De quelle chair était donc fait son ventre, combien de serpents y grouillaient ? Rien ne lui avait jamais été craché en pleine face, mais nombreuses avaient été les langues à bruisser dans son dos. Elle pouvait toujours se défaire de son identité, le malheur lui collerait aux basques. Voilà ce que disait ce regard qui m'avait foudroyé et qui me foudroyait encore. Naïf, j'étais trop naïf. Une naïveté qui confinait à la toute-puissance, c'était du moins ce que pensait Zohia les jours où le passé, posté en embuscade, l'assaillait d'idées noires. Même les sorcières doutent. Et puis, ne m'étais-je pas déjà fait rouler en prêtant une somme rondelette à une jeune réfugiée éthiopienne hébergée dans le foyer d'Ixelles où j'avais cherché Zohia et que je n'avais jamais revue ; pas plus l'argent que la réfugiée.

La mésaventure avait eu lieu juste après nos retrouvailles ; la jeune femme, celle qui m'avait si aimablement remis l'adresse de Zohia, avait su être persuasive, aussi avais-je cru bien faire en l'aidant à soigner sa mère restée au pays. Sauf qu'il n'y avait probablement pas de mère, du moins pas de mère malade. Je m'étais fait pigeonner, la faute à mes bons sentiments. Croire que tous les migrants, réfugiés, demandeurs d'asile étaient honnêtes, c'était bien une idée stupide, m'avait déclaré Zohia, et condescendante par-dessus le marché ! Quant à imaginer que tous se connaissaient au prétexte qu'ils avaient la même nationalité, cette pensée-là était des plus simplistes.

En un mot, Zohia m'invitait à sonder la nature de ma générosité. Et de mes sentiments pour elle. Était-ce une culpabilité de Blanc qui m'animait, une de ces nombreuses histoires familiales teintées du sang du colonialisme dont je désirerais m'affranchir ou mieux, que j'imaginais réparer en l'aidant ? Qui sait de quoi la famille est réellement faite ? Habitué que j'étais aux équipages multiculturels, je butais sur son argumentation : blanche ou noire, la couleur de peau des gens m'était indifférente – je me gardais de dire, qu'à l'image du monde, les navires présentaient souvent la même hiérarchie, les peaux noires ou cuivrées étant au plus bas de l'échelle... J'aimerais donc être noir autant que blanc ? m'interrogeait-elle. Loin de moi cette idée, car la couleur noire est trop lourde à porter, lestée de trop d'Histoire. Un possible sentiment de culpabilité écarté, surgit une nouvelle idée, celle d'une reconnaissance éternelle que j'attendrais d'elle, moi, le commandant au grand cœur. Mais cette reconnaissance éternelle, c'était moi qui la lui devais pour m'avoir ouvert à la vie...

Or, voilà que quinze ans plus tard je remettais ça par solidarité patriote... Et quoi encore ! Assise devant ses chiens, dans sa longue robe blanche, le front ceint d'un foulard écarlate, Zohia ressemblait à une sultane au milieu de ses courtisans. Tous réunis pour me juger. Quel camouflet ce fut quand Coco abandonna mes genoux pour sauter sur ceux de sa maîtresse et s'y asseoir telle une reine. Ne manquait qu'une couronne pour l'une et un diadème emperlé pour l'autre.

Trêve de plaisanterie. Pourquoi devais-je à chaque fois me sentir tout petit face à ma femme ? À cause de cette intuition qu'elle possédait et qui m'échappait complètement, je suppose. Je ne pouvais faire autrement que l'écouter. Et pourtant… S'agissant de ce jeune Belge, j'allais passer outre son avis.

Inutile de dire que l'après-midi se déroula sans mots d'amour ni gestes tendres. Pas question néanmoins de transformer notre maison d'hôtes en zone de guerre conjugale, nous valions mieux que cela. D'ailleurs, pour coexister, Zohia, sa rage coupable et moi avions fait de la morale de La Fontaine notre modus vivendi : « Patience et longueur de temps font mieux que force ni que rage ». Nous nous en tînmes donc aux échanges de sourires strictement nécessaires au maintien d'une ambiance conviviale.

Ainsi, le soir venu, la tension s'apaisait déjà. Une fois couché – campés chacun de notre bord au risque de basculer sur la descente de lit –, j'étirai tant bien que mal ma jambe à l'équerre, tâtant le drap jusqu'à toucher le pied de Zohia dont je frottai doucement le talon de la pointe d'un orteil. Caresse – parce que c'en était une – qu'elle me rendit, à mon grand soulagement. Au petit matin, le soleil, qui jouait les paparazzis, braquait son objectif droit sur notre lit au point que je dus cligner des yeux pour apprécier le spectacle d'un ciel aussi pur que le plus pur des diamants bleus. D'humeur joyeuse, j'eus l'impression que la végétation s'était fait une beauté pendant la nuit pour mieux danser au rythme de la brise qui soufflait de la mer. Une belle journée qui s'annonçait.

Une heure plus tard, je quittai la maison sans avoir vu Zohia, une fois encore plus matinale que moi et qui devait déjà avoir commandé du poisson sur le port, acheté des fruits et des légumes au marché, des fleurs également qui décoreraient la maison sans dépouiller le jardin. Je pédalai allègrement pour oublier cette maudite sciatique qui me cisaillait le mollet, le nez vibrant au vent au diapason de ma chère Coco dont les oreilles voletaient gaiement. Quelle délicieuse promenade, l'œil dans le viseur de l'appareil photo, un doigt sur la molette du zoom comme aux plus belles heures de mon adolescence, dos droit et mains libres. Un petit plaisir oublié que j'aurais aimé prolonger s'il n'y avait eu cette embardée pour me rappeler mon âge. Plus agile que moi, Coco sauta sur la route tandis que je flirtai avec l'accotement moussu avant de rétablir mon équilibre in extremis. Le cœur battant, je décidai de laisser ma compagne gambader devant ma roue jusqu'à ce que nous croisions le chemin d'un énorme cobra qui se prélassait sur la route. Un magnifique spécimen, les narines dilatées, qui nous fixa de ses yeux ronds. Ni une ni deux, j'attrapai Coco, la fourrai dans le panier et relançai la bicyclette.

En franchissant le portail symbolique de notre jardin, deux piliers en bois sculptés sans mur ni grillage sur lesquels s'adosser, je rêvai d'une douche et d'un jus de fruits à siroter dans une chaise longue à l'ombre de notre plantureux manguier.

Hélas, quelques coups de pédales plus tard, je découvris deux sacs à dos posés devant l'entrée de la maison. Ainsi qu'une guitare.

Misère ! Un torrent de sueur glacée cascada le long de ma colonne vertébrale. Mes efforts de paix de la veille allaient être ruinés, s'ils ne l'étaient pas déjà, car la voiture de Zohia était garée sous l'auvent. Impossible de congédier discrètement ces hôtes importuns, impossible de les congédier tout court, surtout après les avoir invités. Une fois de plus, je fus obligé d'admettre la prescience de ma femme et cela me chagrina. Coco ressentit-elle les variations de mon humeur ou bien gardait-elle en mémoire la vision déplaisante du reptile ? toujours est-il qu'elle fit demi-tour, ce qui ne lui ressemblait guère, elle qui passait son temps à quémander un petit quelque chose à manger à nos hôtes, elle ignora jusqu'à la gamelle d'eau que je lui tendais et alla se camoufler sous une brassée de feuilles, au milieu d'un massif. Chère Coco, si impressionnable qu'un cobra lui coupait l'appétit. Je respirai une large goulée d'air et entrai dans la maison.

Pas âme qui vive dans le salon. Les chiens vautrés sur la terrasse, excepté Marcus, attaché par une longe au poteau de la cuisine. Qu'avait-il bien pu faire pour mériter pareille punition ?

— Sauter sur ton compatriote et tailler une partie de son short !

Non, je n'entendais pas des voix, mais sursautai bel et bien en découvrant Zohia accroupie devant une armoire dans laquelle elle fourrageait.

— Il l'a mordu ?

Il y avait de quoi s'étonner puisque Marcus n'aurait pas gobé une mouche, ni même un quelconque scarabée qui aurait tournoyé dans un vrombissement de moteur autour de son museau. Un amour, ce chien, qui menait sa petite meute à la baguette.

— On peut le dire comme ça, mais il n'a croqué que le tissu si cela peut te rassurer…

— Pourquoi ?

— Cette fameuse accolade, ça n'a pas plu à Marcus.

À Zohia non plus, je l'aurais parié. Qui sait si ce n'était pas elle qui, d'un signe imperceptible, avait donné l'ordre d'attaquer. Sauf que, dans ce cas, Marcus n'aurait pas été puni, car, en matière d'éducation, Zohia tenait plus que tout à la cohérence des actes et des paroles. Jamais, elle n'aurait été injuste avec son fidèle Marcus. Jamais.

— Où est Coco ? s'inquiéta-t-elle

— Dans le jardin, pourquoi ?

— Comme ça…

— Et eux, où sont-ils ?

— Dans la salle de bains du bas, ils se changent.

— Tous les deux ?

Zohia haussa les épaules.

— Et ils t'ont dit pourquoi ils étaient là ? demandai-je d'un ton décontracté.

— Marcus ne leur en a pas laissé l'occasion…

Il ne nous fallut pas attendre longtemps pour y voir clair. Nos deux globe-trotteurs étaient en panne de carburant, le compte en banque vide, aussi avaient-ils ouvert une cagnotte en ligne censée les renflouer. D'où l'espoir que nous leur offrions un toit pendant quelques jours. J'avoue m'être abstenu de regarder Zohia durant tout le temps que le garçon plaida sa cause. Il expliquait encore le fonctionnement de cette cagnotte que Zohia était repartie dans la cuisine. Sans un mot, sans un geste. Économe, ma femme. Autant dire qu'elle me laissait me débrouiller de la situation. Impossible de les loger dans notre maison, sachant l'aversion que Zohia leur portait et combien il lui coûtait déjà de devoir attacher Marcus. « À cause de ces blancs-becs ! » me dira-t-elle plus tard. Je proposai donc, non sans un pincement au cœur, de leur céder ma cabane. Hormis Neela, Afia et Coco, jamais personne n'avait eu le privilège d'y dormir. Zohia, elle, avait toujours refusé. En cause, le clapotis de l'eau qui lui donnait l'impression insupportable de se trouver à bord d'un bateau au point qu'elle sentait le plancher tanguer.

Ma belle cabane, le petit bijou qui abritait un joyau, ma fierté cachée, mon secret, où nul n'entrait sans y être convié. Et pourtant je suis fort peu matérialiste, conséquence d'une première vie en mer. Forcément ! Pour vivre, un marin n'a besoin que d'un sac à dos, d'une paire de jumelles, d'un appareil photo, d'un téléphone portable et d'un ordinateur. Des livres également, achetés à une escale, abandonnés à la suivante. Le tour est joué.

Cependant, chacun a son péché mignon, le mien fut cette petite pirogue, la proue si fièrement élancée, que j'avais restaurée sans l'aide de personne. Une coque creusée dans un tronc d'arbre massif, deux balanciers en bambou et une jolie voile triangulaire d'un rouge ocre qui flamboyait sitôt que les rayons du soleil la traversaient. Une merveille que je continuais à briquer faute de naviguer, un bel oiseau prisonnier de sa cage lui aussi, puisqu'il logeait entre les pilotis de la cabane, lesquels étaient pourvus de herses rétractables que je descendais à la première tempête dans le but de protéger la pirogue de la houle. Ce jour-là, elle se balançait, légèrement penchée sur une aile, comme suspendue au-dessus du miroir transparent de l'eau.

J'eus un second pincement au cœur quand je vis Julien faire la moue alors que je lui dévoilais mon trésor.

— Vous n'avez pas de moteur ? s'enquit Mélanie, la guitariste.

— D'appoint, fis-je, en braquant un doigt dans la direction du petit moteur, une concession faite à la tradition imposée par Zohia lorsque Neela et Afia furent en âge d'embarquer.

Je m'empressai d'enjamber la passerelle en bambou pour présenter ma cahute joliment chapeautée de palmes. Troisième pincement au cœur lorsque Julien, encore lui, se laissa rebondir sur mon matelas dont il goûta visiblement le moelleux puisqu'il y resta affalé le temps que je leur explique comment accéder à la petite douche que j'avais installée à l'extérieur entre deux gros rochers. C'était là que les filles se rinçaient après une journée en mer ou une baignade. L'important était de n'y laisser traîner ni savon, ni serviette, ni quoi que ce soit d'ailleurs, les singes du voisinage se faisant un plaisir de chaparder à peu près tout, cet à-peu-près-tout qu'ils échangeaient ensuite contre de la nourriture, c'est ainsi que Neela avait troqué une banane contre les lunettes de soleil de sa sœur et moi-même un biscuit contre un appareil photo que j'avais vu passer d'arbre en arbre, impressionnant voyage au-dessus de la canopée, immortalisé par quelques clichés intéressants, du photographe surtout, spécialiste du selfie en plein vide. D'où l'importance de fermer les différentes issues du gîte lorsqu'on le quittait de sorte qu'ils ne puissent pas s'approprier son contenu.

Bref, je n'en finissais pas de trouver de nouvelles consignes, ne pas toucher à ceci, ne pas toucher à cela, tout en ayant la conviction, qu'à la seconde où je tournerais le dos, l'un et l'autre s'empresseraient de fouiner un peu partout et d'examiner tout spécialement les objets interdits. Sitôt refermée la porte derrière moi, je fus assailli par le sentiment d'abandonner mes trésors à la curiosité malsaine de deux gosses mal élevés. Croiser Coco sur le petit sentier qui reliait la maison à la plage, détourna pour un temps le cours de mes pensées, une Coco toute chamboulée, le poil encore hérissé, pauvre bête. Quel traumatisme, ce face-à-face avec le serpent ! Un traumatisme justifié, car le reptile n'aurait fait qu'une bouchée de ma petite chienne, qui grossissait certes, mais ne grandissait guère. Les nerfs à fleur de peau – je ne me reconnaissais plus, moi, le commandant salué pour son sang-froid –, j'imaginai la boursouflure qu'aurait produit Coco en glissant dans le gosier du reptile. Horreur ! Je la pris dans mes bras, la couvris de baisers, sur la tête et sur le ventre, baisers qu'elle me retourna sous la forme de léchouilles tout aussi exaltées sur les joues et les oreilles. Quel bonheur de se sentir aimé tel que l'on est, quelle quiétude ! Zohia disait vrai quand elle proclamait que les bêtes reposaient des hommes. À ce sujet, elle en connaissait un rayon, elle qui avait vu des hommes justement en désigner d'autres afin qu'ils servent de lest à un rafiot faisant eau. La loi du nombre. Elle devait à sa nationalité d'avoir été épargnée ; elle et son encombrante progéniture. Plusieurs fois, elle avait craint que les pleurs des fillettes n'exacerbent la folie de certains passagers. Les bras en balançoire, les mains en bâillon, voilà comment elle avait enduré l'interminable traversée. Tout pour se faire les plus discrètes possible. Invisibles. Toutefois, sa chance d'avoir eu la vie sauve tenait au fait que l'embarcation comptait davantage d'Africains de l'Est que d'Africains de l'Ouest ; sur un autre bateau, avec une autre majorité, sa destinée eût été tout autre. Les hommes étaient ainsi, disait-elle, capables du pire comme du meilleur.

Le meilleur, elle l'avait découvert au long de son exode, en Afrique d'abord, puis en Europe. Il y eut les femmes qui l'aidèrent à porter ses filles lors de longues marches, celles qui veillèrent sur les petites cependant qu'elle faisait des ménages pour payer leur traversée ; puis ce jeune jardinier qui lui permit de franchir la frontière, sans question ni condition ; cette autre femme, exilée comme elle, rencontrée dans la rue qui, après l'avoir nourrie et hébergée deux nuits, lui offrit des vêtements propres pour poursuivre discrètement son chemin ; et ceux qui sourirent simplement ou la complimentèrent pour ses filles, cette mère qui partagea avec elles le goûter de ses propres enfants. Je crois que l'instinct qu'elle développa à l'égard des humains lui vint de ces expériences au-delà des mots. Le langage qui la liait aux chiens aussi.

Il n'empêche qu'en dépit d'un optimisme forcené qui lui servit de pilier tout au long de son exode – ou bien était-ce la foi quoiqu'elle ne croyait plus depuis longtemps en un quelconque Dieu –, elle conçut une méfiance vis-à-vis de ses congénères, aussi pouvais-je m'estimer chanceux qu'elle m'ait toléré si longtemps au sein de sa meute.

Le regard qu'elle me lança lorsque je rejoignis la terrasse me fit craindre la fin de cette cohabitation heureuse. Que dire, si ce n'est que je préférai récupérer ma Coco et me retirer dans notre chambre. Avouez qu'il aurait été malvenu de confier mes états d'âme à ma femme après ses mises en garde. Je montai donc me consoler avec un bon livre et ma tendre Coco. Je m'endormis, aussitôt allongé.

Le croirez-vous, je rêvai d'une Coco en croûte servie sur un plateau. Faut-il être belge pour avoir de tels rêves ! Le pâté me fit horreur, d'autant qu'il me fallut le débiter en tranches. Coco couchée de tout son long sur une table recouverte d'une nappe blanche.

Ma Coco en morceaux. Le museau, les yeux, les oreilles finement découpés. Je me réveillai en sursaut, ruisselant de sueur, ma main criminelle accrochée au coin d'un oreiller que je lâchai avec effroi. Je tournai la tête en tous sens, pour finir par découvrir ma victime non tranchée, sommeillant au creux de la montagne de coussins que j'avais repoussée sur le côté avant de me coucher, une patte dressée vers le plafond en un salut quasi extatique. Loin, très loin de mes monstrueuses agapes.

IX

Je reniflai, une fois, deux fois. Mes poils se hérissèrent avant même que je mette un mot sur l'odeur fétide qui tapissait mes narines. S'ensuivit le branle-bas dans mon cerveau. Inconnu. Pinces. Danger. D'un bond, je sautai du panier sur lequel j'étais perchée, puis cavalai en sens inverse du vent pour me creuser un trou dans le sable. Réflexe primaire vu qu'il n'y avait pas de sable. Je me terrai donc là où je pus, en l'occurrence sous un bosquet feuillu qui formait une parfaite tonnelle opaque. Aussi immobile qu'un bout de bois, j'attendis dans l'ombre que l'odeur se matérialise ou qu'elle disparaisse, en tout cas je guettai, oreilles et truffe aux aguets. Lorsque j'entendis des voix, je relevai la tête, tendue comme un arc, soupesant chaque mot, chaque pas, afin d'identifier leurs propriétaires et de déterminer la distance qui les séparait de ma cachette, et lorsque les voix et les pas s'évanouirent enfin, je jetai un coup d'œil dans l'entrebâillement de deux feuilles. Rien en vue. Je sortis lentement de ma cachette, humant l'air. Le parfum de lavande de Gabriel se mêlait aux senteurs âcres et sucrées des inconnus, j'avançai avec précaution, une patte après l'autre, prête à bondir en cas de piège. Je progressai toujours sur le sentier, l'odeur se faisait plus puissante. Le poil dressé tout au long de mon échine, je devais avoir l'allure d'un porc-épic ou celle d'un footballeur fraîchement gominé ; hélas, je ne possédais ni épines ni crampons pour repousser l'ennemi, des crocs cependant, en lieu et place de mes dents de lait. Quand un relent malpropre me submergea ; je me figeai, en équilibre sur trois pattes. Mais bientôt les senteurs de lavande reprirent le dessus et Gabriel apparut, la peau du front striée de vaguelettes semblables aux empreintes que laisse la mer sur le sable humide après qu'elle s'est retirée. Je me précipitai à ses pieds, m'y roulant, pattes en l'air, avant qu'il ne me prenne dans ses bras. Nul doute, mon maître avait besoin d'être consolé.

Les jours qui suivirent, le ciel, le toit se mirent à peser de tout leur poids sur la maison. Malgré les nuages qui caracolaient là-haut, malgré les arbres qui se balançaient au-dehors, malgré la brise qui chahutait les plantes escaladant la voûte, et la légère oscillation des lianes, l'air y était lourd et poisseux, comme confiné entre quatre murs invisibles.

D'ailleurs, tout le monde semblait respirer avec difficulté, même Augusto qui économisait ses déplacements et passait le plus clair de son temps à bricoler dans le garage. Excepté les touristes, personne ne se conduisait plus normalement. Les mots étaient rares, les sourires tièdes, chacun fuyait l'autre. Gabriel refusait de regarder Marcus dont les yeux ne quittaient pas le poteau au pied duquel il faisait pénitence, tandis que ceux de Zohia traversaient le corps de Gabriel. Le jour, elle s'absentait souvent et emmenait Marcus ; le soir, mon compagnon retrouvait sa liberté dans la maison. Pour ma part, je passais ma journée aussi loin que possible de ces mauvaises ondes qui avaient pris possession de notre foyer ; la nuit venue, les ondes perdant de leur puissance, je me blottissais tout contre le ventre chaud de mon vieil ami. Plus question de lui mordre les bajoues ni de lui arracher les poils du cou, lui et moi partagions la même intuition.

X

Seize années d'une si belle harmonie désintégrées en quelques jours ! Était-ce possible ? Cette confiance tissée aux petits points, ruinée par ma faute. Pourquoi, comment avais-je pu autant me fourvoyer par pure obstination ? Nos lascars, il n'y avait pas d'autre mot, brillaient par leur présence fantomatique ; nous ne les voyions pas, ne les croisions pas le matin, et pas davantage le soir ; néanmoins, il y avait un quelque chose dans l'air qui avait changé, une altération de l'équilibre, un trop-plein de fluide piégé sous notre toit, et ce quelque chose, cette matière comprimée, électrisait tous les échanges. À croire que nous vivions dans l'attente d'un événement aussi fatal que prévisible. Des remords, j'en ai encore aujourd'hui. Si je devais me repentir, je commencerais par m'excuser auprès de Marcus de mon inqualifiable comportement. Privilégier deux inconnus et le mettre en quarantaine, lui, le vétéran de notre troupe, le disqualifier de la sorte. Je m'en mords encore les doigts. Et Zohia que je refusais d'entendre, même si elle ne m'adressait plus la parole. Obstination et amour propre, on voit où cela mène... L'air se raréfiait autour de nous qui nous rabougrissions de l'intérieur jusqu'à ressembler à deux marionnettes, le visage figé dans la cire, sec. Notre meute, elle aussi, endurait ce poison qui montait dans nos veines, lentement distillé, patiemment, goutte après goutte. Coco, tendre Coco qui ne se lassait pas de ses va-et-vient entre Zohia et moi, cherchant à nous réconcilier à la manière d'une entremetteuse, désireuse de transmettre à l'un puis à l'autre les caresses qu'elle recevait de l'un ou de l'autre. Au vrai, nous n'avions plus le cœur à la cajoler, elle qui quémandait tant d'amour. Heureusement que les touristes étaient encore là pour pallier nos manquements, et tant pis si elle recevait autant de nourriture que de caresses, elle savait si bien y faire, et si peu résister à une tranche de lard ou un biscuit chocolaté.

Et puis un jour, Julien et sa compagne surgirent dans la cuisine sans que nous ayons entendu le moindre pas. Deux fantômes, vous dis-je. Coco était absente, peut-être occupée à chasser les singes, après avoir longtemps tourné après sa queue ; quant à Marcus, il demeura mutique ; ni grognements ni jappements, obéissant. Nos revenants, donc, nous apportaient des fleurs en remerciement de notre hospitalité. L'un et l'autre, un vague sourire au coin des lèvres, Julien suçant une tige de canne à sucre, Mélanie mâchouillant avec nonchalance un chewing-gum. Comme Zohia ne fit aucun geste pour prendre la somptueuse gerbe multicolore que lui tendait Mélanie ni ne prononça un compliment sur sa composition, je m'empressai de saisir le bouquet tout en débitant mille niaiseries. Incorrigible politesse qui m'aurait obligé à divertir mon pire ennemi. D'autant que je crus reconnaître – j'en aurais mis ma main au feu – les somptueuses orchidées qui prospéraient chez nos voisins, des orchidées à profusion, sauvages et cultivées, grimpant aux arbres ou cascadant en direction du sol, qui faisaient leur fierté et l'admiration du voisinage. Je me gardai bien d'en faire la remarque par peur de mettre mal à l'aise nos « jeunes amis ». C'est ainsi que je les nommai...

Bref, je disposai les fleurs des voisins dans un vase tout en espérant qu'ils n'auraient pas l'idée de nous rendre visite, mais ne poussai pas la bêtise jusqu'à proposer un apéritif à la ronde. D'ailleurs, l'attitude réfrigérante de Zohia m'ôtait toute envie de boire un verre en sa compagnie.

Me perdre dans une bouteille de rhum Don Papa d'accord, mais seul, du moins sans elle, comme au vieux temps de mon célibat. Oui, le rhum était ma friandise, il me berçait, j'y noyais mes jours sombres ; le même penchant que mon père, celui qui le mena à la catastrophe, cela dit ; le mien remontait à l'adolescence, et j'en avais goûté des rhums, quasiment partout où mes missions et mes voyages m'avaient mené. Et depuis ma retraite, je voyageais en buvant à l'aveugle, Caraïbes, Inde, Australie, Birmanie – quoique ma profession m'ait interdit d'y séjourner, du moins si je souhaitais continuer à naviguer – Venezuela, Pérou, Colombie... Philippines, évidemment. Le monde sous mon palais. En la matière, j'avais acquis un certain savoir dont Augusto pouvait témoigner, lui qui m'accompagnait parfois au long de mes pérégrinations ; et pour quelqu'un qui n'avait jamais voyagé, il tenait la distance.

Un événement cependant nous rapprocha tous. L'incroyable chute d'un singe. L'animal

– un gibbon doré au masque sévère qui ressemblait comme deux gouttes d'eau à l'amateur de selfies qui aimait tant rôder autour de ma cabane – tomba comme une pierre du sommet de l'arbre à pain qui ombrageait l'angle de la terrasse. Au moins sa chute fut-elle ralentie par les nombreuses branches et l'épaisseur des feuilles, sans compter le tissu souple du transat sur lequel il atterrit, bras en croix, inerte. Autour, les fruits s'écrasèrent en une pluie d'obus. Zohia poussa un cri si strident qu'Augusto en lâcha la bassine remplie de têtes de poulet qu'il s'apprêtait à distribuer, lesquelles s'éparpillèrent sur le sol de la cuisine. Du sang partout, un vrai carnage, qui laissa pourtant les chiens circonspects. L'attention de tous était tendue vers le corps qui gisait. S'agissait-il d'une crise cardiaque ? Le singe avait-il prémédité ce saut de la mort ? Un gibbon suicidaire en plus d'être voleur ! Ou bien suicidaire parce qu'il était voleur ? Peut-être ne pouvait-il plus supporter sa réputation de vandale ? Mais pourquoi là, sur la terrasse, devant nous ? Tenait-il à nous culpabiliser ?

Passée la stupeur, Zohia et moi nous approchâmes avec prudence. Était-ce un sale tour que nous jouait l'animal ? Nous connaissions les mauvais coups du funambule...

Comme il ne bougeait toujours pas, je vérifiai s'il était mort ou bien vivant. Son cœur palpitait sous ma paume ; lentement, certes, mais il battait. Laissant Zohia veiller le blessé, je courus chercher une cage de bonne taille – nous en avions une véritable collection –, tandis qu'Augusto nettoyait la cuisine, assisté des chiens qui lapaient le sol

À mon retour, le singe était toujours inanimé et son pouls aussi lent. Coco, Boy et Marcus s'avancèrent pour flairer le gibbon qui avait dû maintes fois leur disputer des restes de nourriture. Un ennemi se respecte, surtout lorsqu'il se trouve à terre. Ils inspectèrent méthodiquement le corps, quoique du bout du museau et sur la pointe des pattes avant, Coco gémit doucement, visiblement plus affectée que les deux autres par la situation. Le triste état de l'animal ou le fait que nous le glissions dans une cage, Dieu seul savait.

Pour une chute, ç'avait été une sacrée chute, mais elle fut miraculeuse, car elle nous rapprocha Zohia et moi, sans que ni l'un ni l'autre n'ait eu à faire le premier pas. Aigreurs et reproches absous, bouderies et fiertés envolées, toutes nos pensées étaient tournées vers le gibbon que nous déposâmes délicatement dans la voiture, calant la cage entre nous deux afin de surveiller le malheureux acrobate.

Idée saugrenue, attendu les longs bras de l'animal qui, s'il s'était réveillé, aurait saccagé le tableau de bord en un quart de seconde. Pire, se serait accroché au volant. Je n'ose imaginer la suite : Zohia – c'était elle qui conduisait – s'y agrippant des deux mains avec le même zèle que le gibbon, moi tentant de démêler leurs quatre bras tout en réalisant que le quatrième avait quitté le volant pour appuyer de toutes ses forces sur l'accélérateur – l'avantage d'avoir le bras long, c'est que l'on peut en faire ce que l'on veut –, moi toujours, observant un arbre suicidaire – lui aussi – qui accourait vers nous à une vitesse folle, et, dans un réflexe de survie, serrant le frein à main. Tous trois blessés, la voiture en accordéon, les assureurs refusant de nous indemniser au prétexte que le gibbon conduisait. Ce genre de drame n'était pas à exclure, croyez-moi. Mais rien de tout cela ne survint.

Aucune faiblesse cardiaque, en revanche, un excès de somnifères. Telles furent les conclusions du vétérinaire après avoir analysé le sang du miraculé qui semblait ne pas apprécier son retour à la vie à sa juste valeur tant il secouait fébrilement les barreaux de sa prison. D'où pouvaient bien provenir ces somnifères ? Volés lors d'une razzia dans une maison des alentours ? À moins que l'animal ne se soit introduit dans la chambre d'un de nos hôtes pour jeter son dévolu sur une boîte de médicaments d'où il aurait extrait une ou deux pilules ? Hypothèse peu probable vu le tempérament du voleur. Prendre des risques d'accord, mais pour s'en mettre plein les poches ! Quant à effacer ses empreintes après son passage, c'était le cadet de ses soucis ; je n'avais eu recours à aucune police scientifique pour l'identifier les nombreuses fois où il s'était invité dans mon antre. Or, aucune intrusion ne nous avait été signalée.

Vingt-quatre heures plus tard, sans davantage de pistes concernant la provenance de la pilule, nous revînmes le chercher afin qu'il réintègre son milieu naturel, notre jardin. Entretemps, Zohia et moi avions presque oublié notre différend, les orchidées pourrissaient dans le compost, nos squatters s'étaient faits si discrets que nous aurions pu ignorer leur présence, du moins Zohia, car, pour ma part, j'étais privé de ma cabane. Un crève-cœur, ce sacrifice délibéré. Néanmoins je faisais bonne figure, évitant autant que possible de penser au sans-gêne de ses occupants et à ses conséquences. Pour ma sieste, je me retirais dans notre chambre, seul, Coco y étant interdite de séjour depuis qu'elle avait déchiré le coussin préféré de Zohia à force de le gratter, un vieux machin pourtant déjà usé jusqu'à la trame que ma femme trimballait depuis son séjour en Belgique, un vilain coussin, lavé et relavé, mais toujours saturé de souvenirs et d'odeurs, ceux de la liberté gagnée et de l'enfance des filles. Biberons, goûters, larmes salées imprégnaient le tissu fané. Un cadeau de la bienfaitrice de Zohia, une manne pour Coco. Celle-là qui avait été reléguée au pied de l'escalier. Qui, bien sûr, avait imploré, une patte délicatement posée sur la première marche. Qui avait poussé un aboiement peiné, forcément. Un seul. Zohia demeura inflexible, Coco resta en bas. Et moi ? Eh bien, je me tournais et me retournais sur ma couche, n'en finissant pas de disséquer ce jappement en mode mineur, la tonalité d'un cœur meurtri. Un parfait sujet de discorde, mais chacun ravala ses reproches et nous partîmes ensemble, du moins Zohia et moi, Coco n'étant pas du voyage, récupérer le gibbon que le vétérinaire avait pris soin d'endormir de sorte que nous eûmes le temps de le ramener à la maison, de déposer sa cage au pied de l'arbre à pain, de la déverrouiller, puis d'observer le réveil du patient. Zohia, Augusto, nos quatre hôtes du jour et moi, tous alignés dans la cuisine pour admirer la dextérité avec laquelle Lazare – ainsi l'avions-nous baptisé – rejoignit les cimes en quatre balancements élastiques.

Meurtrie, Coco, après son éviction de la chambre ? Peut-être, mais pas tant que cela, car elle vaquait à ses occupations au lieu de m'attendre au pied de l'escalier après ma sieste quotidienne, et il fallait parfois l'appeler, et l'appeler encore, pour qu'elle réapparaisse ; il y avait tant à flairer dans le jardin.

Un après-midi que je descendis plus tard de ma sieste, elle ne réapparut pas en dépit de l'ardeur que nous mîmes à claironner son nom. Des Coco sur tous les tons, des sifflements, des clappements de mains, et même la bassine pleine de têtes de poulets qu'Augusto secoua hardiment pour mieux l'appâter. « Coco ! Coco ! Coco ! », rien, pas de Coco en vue, pas la moindre fausse note au milieu du chant de la jungle, ni aboiement ni gémissement, ni plainte des plus ténues pour nous indiquer l'endroit où ma petite chienne serait restée coincée ; gibbons, grillons et martins-chasseurs se partageaient seuls la partition de ce concerto de fin d'après-midi.

Comment expliquer l'angoisse qui m'étreignit, comment parler de prémonition, de mauvais pressentiment, alors que les prémonitions, les pressentiments étaient le ressort de Zohia, c'était elle la sorcière, elle qui vibrait de plaisir ou frémissait de répulsion en frôlant un inconnu. Et pourtant, une chape d'une tonne s'aplatit sur ma poitrine au point que mon cœur remonta dans ma gorge et bloqua ma respiration. Il fallut que je m'agrippe à l'épaule d'Augusto pour ne pas m'affaler. Je repris mon souffle, trois brèves bouffées d'air suivies d'une longue inspiration, et m'élançai sans un mot vers ma cabane. Mon cerveau galopait aussi vite que mes jambes, passant en revue toutes les catastrophes possibles : Coco malade, Coco blessée, Coco empoisonnée, kidnappée par Lazare en représailles de son séjour en cage... Je finis par reprendre mes esprits et ralentir l'allure.

Tout en marchant à grandes enjambées, je me demandais quelle mouche m'avait piqué. Partir ainsi au quart de tour, guidé par mes seules émotions ! Je perdais la tête. L'effet sur mes nerfs de ce conflit muet avec Zohia ? Étais-je devenu à ce point influençable que je prenais ses remarques pour des prédictions ? Qu'avait-elle dit, au fait ? Que ma propension à aider tout le monde, ce qui équivalait à désigner le premier venu, celui que je ne connaissais ni d'Adam ni d'Ève, en clair Julien, pourrait bien finir par me nuire... N'avait-elle pas profité d'aide, elle aussi, une aide providentielle, inestimable même, prodiguée par une parfaite inconnue ? Ce coussin que Coco avait gratté, n'était-ce pas une sorte de doudou dont Zohia ne se serait séparée pour rien au monde ? La preuve, elle l'avait minutieusement reprisé malgré les dégâts causés par les griffes de Coco.

Je la revoyais faire ses adieux à Madeleine, douze ans auparavant. Zohia-la-farouche avait disparu, elle n'était plus que douceur et nostalgie. Il fallait voir comment elle avait étreint le coussin lorsque le taxi avait démarré, ce coussin offert par Madeleine, comment elle y avait fourré son visage tout entier pour humer le tissu et étouffer ses pleurs. Assis à ses côtés, j'osais à peine respirer de peur qu'en entendant mon souffle, elle ne saute en marche pour retourner à sa vie avec sa chère amie.

La rebelle éthiopienne et la religieuse belge, quelle paire elles faisaient ! Nul doute que leur rencontre fut une providence. Dieu leur avait tendu la main. Éole probablement.

Zohia avait débarqué à la gare de Bruxelles quelques heures plus tôt, elle avait demandé le chemin d'Ixelles dans un anglais plus qu'hésitant, mais suffisant pour se faire comprendre. Le tramway qu'un passant lui avait indiqué l'avait quasiment déposée sur le parvis de l'église Sainte-Croix. Là, encadrée d'Afia et de Neela dont elle serrait les menottes, elle avait senti ses genoux vaciller aux premiers ricanements des mouettes, mais s'était rapidement ressaisie. Se pouvait-il qu'elles soient arrivées à destination ? Saines et sauves, et à destination ? Parties à trois, parvenues à trois ? Car c'était là, exactement là, elle reconnaissait sur la gauche l'imposant bâtiment accolé à la place tel un cargo à quai, la silhouette atypique de l'église, les travées qui allaient crescendo à l'ombre du clocher. Indifférente au vent qui bombardait la place de ses bourrasques, elle s'avança crânement vers la façade et se campa devant le porche.

— Te voilà enfin ! marmonna-t-elle au milieu d'un tourbillon glacé. Tu es plus petite que je l'imaginais, ajouta-t-elle avec une légère moue ; et elle avait raison, car le point d'orgue d'un tel projet méritait au moins les fastes d'une cathédrale.

Elle leva les yeux vers le clocher :

— Maintenant qu'on est là, dis-moi ce qu'on doit faire.

Pour toute réponse, une poignée de feuilles mortes se plaqua contre sa joue.

— Maman ! cria Neela, un doigt pointé vers le ciel. Poisson !

Quel monde décidément, ce nouveau monde. Le matin même, assise dans le métro,

Neela avait cru en une ville sans ciel, et voilà que maintenant l'océan flottait au-dessus de sa tête. Zohia tendit le bras vers le triangle multicolore qui virevoltait dans l'air avec la légèreté d'une raie manta. À quelques pas, une vieille femme rondelette trottait, tête en avant, telle une plongeuse partie à l'assaut d'une vague. D'une main posée sur son crâne, elle semblait lutter pour protéger sa mise en plis. Zohia lui tendit le foulard qu'elle avait attrapé.

— Merci, dit la femme en enserrant de ses mains celles de Zohia. Merci beaucoup.

C'était oublier les ruses du vent qui, d'une rafale moqueuse, souleva sa perruque, laquelle retomba de travers sur sa tête sous les yeux ronds des fillettes.

— Oh oh oh ! gloussa Madeleine, en rectifiant sa coiffure. Saleté de vent qui me vole mes cheveux !

Observant le visage interrogatif de Zohia, elle reprit lentement, chaque syllabe parfaitement articulée :

— Vous avez besoin d'aide ?

Une petite phrase qui scelle une vie.

De l'aide, moi aussi j'allais en avoir besoin, vu le spectacle qui m'attendait sur notre bout de plage. Vide, l'anneau auquel j'amarrais ma pirogue, tout comme l'espace entre les pilotis où des myriades de minuscules poissons argentés zigzaguaient en rangs serrés. Un coup d'œil à l'intérieur de la cabane me suffit à mesurer l'ampleur du désastre. Sur les étagères, la place laissée béante par les appareils photo disparus, canettes de bière et papiers gras éparpillés à même le sol, sans parler des restes de friture de poulet abandonnés sur mon bureau, et la poubelle qui vomissait ses détritus sur la natte couleur paille, les malpropres ayant fait l'effort de la remplir, mais omis de la vider. Et ce nuage d'insectes qui planait au-dessus, l'odeur douçâtre qui emplissait la pièce. Une infection.

Toutefois, si je me mis à crier, ce ne fut ni de douleur ni d'angoisse ; aussi incroyable que cela puisse paraître, ce fut l'espoir qui m'incita à appeler Coco à tue-tête. Parce qu'elle n'était ni malade, ni blessée, ni morte. Je repartis donc de la cabane encore plus vite que j'y étais parvenu, indifférent au champ de bataille que je laissais derrière moi. Je n'avais qu'une idée en tête, retrouver Coco.

XI

Ce que je vis avant tout, ce fut la lune qui me couvait de son gros œil. Un œil rond, bienveillant. Mais quand je voulus lever le cou, celui-ci refusa de bouger ; je tentai de tendre une patte, sans plus de résultat, une boue gluante enlisait mon corps qui refusait d'agir aux ordres d'un cerveau plus creux qu'une noix de coco évidée de sa chair. Ma paupière retomba. Étais-je morte ?

Mes narines, elles, semblaient bien vivantes cependant, titillées qu'elles étaient par une fragrance virile de poissons séchés relevée d'une note de poulet frit. Si c'était ça la mort, s'enivrer de parfums ! S'ensuivit un doux bercement qui me fit plonger dans le ventre de ma mère ; bienheureuse, je pirouettais gaiement au creux de ses entrailles, légère comme une bulle ; mais alors que je suçais avec délice le liquide amniotique, hop, ce furent les bras de Gabriel qui m'accueillirent. Mon maître m'avait rejointe, sa paume pesait sur ma tête. Chaude, si chaude. Je sombrai plus profondément encore... Devant moi, un singe tomba d'un arbre, ou était-ce un fruit mûr ? Quand il toucha le sol, le fruit éclata et un crabe en jaillit. Pas un de ces crabes translucides, tout juste sortis du sable, qui vous chatouillent le museau quand vous les chahutez, non, un monstre rouge et noir tout de pinces velues qui s'élança vers moi aussitôt qu'il eut touché le sol, de sorte qu'il me fallut courir plus vite que je ne l'avais jamais fait de ma vie, plus vite que les jours où les poules me talonnaient, bec pointé sur mon postérieur, celui-ci que j'enroulais le plus possible pour les distancer quitte à finir ma course la truffe dans le sable, plus vite même que lorsque les deux molosses s'apprêtèrent à m'arracher la peau du dos. Mais comment courir lorsque le sol se dérobe sous vos pattes ?

Terrifiée, j'ouvris péniblement les yeux pour réaliser que j'étais suspendue au-dessus de l'eau, la peau du cou emprisonnée dans une tenaille.

— Arrête de porter ce chien comme ça ! Tu vas lui faire mal...

— T'inquiète, sa mère le portait de la même façon...

— Peut-être, mais t'es pas sa mère.

— Oui ben, occupe-toi du bateau, et laisse-moi faire avec le chien, okay ?

— Et j'en fais quoi du bateau ?

— Tu le pousses, qu'il parte à la dérive, à moins que tu veuilles revenir faire un tour sur l'eau ?

— T'es vraiment lourd comme mec...

Étrange conversation qui me parvenait des profondeurs de l'océan, enflant et refluant dans ma tête sans que j'en comprenne un mot.

Lorsqu'enfin je touchai terre, mes pattes cédèrent sous mon poids, et je dus faire un effort considérable pour me redresser ; j'eus beau lutter contre la pesanteur, mes articulations demeurèrent fléchies. Tant pis, je rampai à moitié, le dos écrasé par un pied invisible, ou bien était-ce le poids du sommeil qui me clouait au sol ? Qu'importait ! Mon instinct avait pris le relais de mon cerveau, les signaux qu'il m'envoyait étaient sans appel : je devais fuir !

Quelle déveine ! Passer du ventre de ma mère aux bras de Gabriel pour finir entre les pinces de ce grand singe ! Oui, un singe, parce que Julien ne valait pas mieux que Lazare, notre gibbon maison, expert en coups bas et chapardages. Un jour, je le jure, ce maudit singe, le vrai, voulut m'attraper par le bout de queue qui me restait, à quelle fin je ne saurais dire, peut-être m'emmener avec lui en escalade ? Merci bien ! Je dus mon salut à Marcus qui montra les crocs pour la première fois de sa vie. Notez que la seconde, ce fut pour accueillir Julien. Quand je vous dis que ces deux-là avaient des points communs.

Il m'est difficile de décrire l'effroi qui me saisit sur cette plage. Sans ma maîtresse, ni Marcus, ni Boy en vue, j'étais si peu de chose ; mais loin de mon maître, je n'étais plus rien, à peine l'ombre d'un chien. Je relevai péniblement une oreille dans l'espoir d'entendre un de ces joyeux Coco qui ponctuaient mes journées, ne fût-ce qu'un sifflement, un claquement de doigts, tout simplement la respiration de mon maître qui aurait apaisé illico le tambourinage de mon cœur. Hélas, hormis le bruit du vent et des vagues, les seuls sons alentour étaient les jacasseries de ce maigrichon.

Un chien arthritique, la démarche titubante et les pattes raides, vraiment, dans quel état étais-je ? Cependant, la peur transcenda ma gaucherie, je m'éloignai de mes deux ravisseurs ; du moins le croyais-je, jusqu'à ce qu'une main me soulève de nouveau et qu'un bras m'emprisonne. À compter de cette minute, je ne fus plus qu'un paquet que Julien trimballait.

— C'est quoi ce chien qui ne sait pas marcher !

— Je t'avais dit de lui donner moins de somnifères. Elle est minuscule, t'aurais pu la tuer !

— D'accord, j'ai eu la main lourde !

— Merci de l'avouer.

— Je n'avoue rien... Allez, on fait la paix...

Un quart de seconde plus tard, j'atterris sur le sol, cherchant à recouvrer mon équilibre malgré mes jambes flageolantes, pendant que Julien et Mélanie s'embrassaient à pleine bouche. Moi, si jalouse, qui sautais et jappais à chaque baiser qu'échangeaient Zohia et Gabriel, je n'avais pas le cœur à réclamer ma part de câlins. Je profitai que Julien était occupé pour m'éloigner, mais n'eus pas fait dix pas de côté que les amoureux furent réconciliés. Une poigne d'acier m'enserra le cou et je réintégrai ma place sur le flanc de mon ravisseur.

Lorsque Julien me déposa pour de bon par terre, ce fut pour me passer une corde au cou et m'attacher à un arbre, sans se soucier de la nuit qui s'embrasait sous nos yeux. Oui, une clarté ardente, à seulement quelques mètres, qui éclipsait l'éclat de la lune. Avais-je des hallucinations ? Le feu mangeait la terre, il grimpait jusqu'au ciel, ronflait comme une forge, éructait des lucioles incendiaires qui s'amusaient à me tourmenter en voletant autour de moi. Effarée, je me nichai tout contre l'arbre, le museau sous les cuisses, les oreilles sur les yeux, afin de me protéger du mieux possible des morsures des flammèches. Jamais, au grand jamais, je ne m'étais sentie si vulnérable, seule et sans la moindre échappée possible, d'autant que Julien m'abandonna à mon sort. Les yeux mi-clos – je ne pus me résoudre à les fermer complètement –, je le regardai se fondre parmi des dizaines de spectres, les uns quasiment noyés dans l'obscurité, les autres rougeoyants, qui ondulaient au rythme des craquements de la fournaise.

Étais-je trop terrifiée pour entendre les accords d'une guitare ou le chant d'un tam-tam, peut-être, mais sans vouloir me justifier, il y avait de quoi être terrorisée, car je me croyais au beau milieu d'une messe noire, victime expiatoire destinée à un dieu colérique. J'avais un sens aigu du drame... Mais quand, parmi les ombres qui oscillaient dans la nuit, j'en vis une violemment éclairée par une gerbe de feu ascendante, et que je reconnus le profil de Julien sous cette langue phosphorescente, là, mes yeux s'agrandirent comme jamais. Les hommes crachaient, oui, des pépins, des arêtes, des dents, tout ce qu'ils refusaient d'avaler en fait, mais pas du feu, sûrement pas. Cette vision stupéfiante me mit K.O. et je plongeai dans un sommeil sans rêve ni cauchemar, une sorte de trou noir.

Je me réveillai quelque temps plus tard, le cerveau moins cotonneux, mais guère plus fringante, à moitié étouffée par la corde qui me serrait le cou. À l'autre bout, un bras s'impatientait.

Voilà où la gourmandise m'avait menée. Car le dernier souvenir que j'avais de mon doux paradis n'était ni le sourire chaleureux de Marcus, ni celui de Zohia, ni même la main de mon maître me flattant la croupe, mais des cuisses de poulet suintant la graisse, abandonnées à même les marches de la cabane de Gabriel. Triste constat. Il s'écoula plusieurs secondes avant que je ne me souvienne des conséquences précises de ma gloutonnerie. Pour m'y aider, le coup de pied que je reçus dans les côtes après avoir tenté de résister à la pression exercée sur mon cou. Je me levai illico et trottai les yeux à terre. Pas question que je croise ceux de Julien. Comment savoir de quoi était capable un homme qui avait le pouvoir de cracher du feu ? Déconfite mais docile, j'avançai donc dans son sillage aussi vite que mes pattes me le permettaient, à la limite du vertige. La faute à des effluves étourdissantes... Ah oui, c'est cela, des effluves d'essence et de poils roussis.

Pour finir, Julien me confia à Mélanie qui me colla dans un cageot ou plutôt une cage à lapin vu l'odeur qui imprégnait le bois. Cageot ou cage, il n'y avait aucune issue possible. Seule consolation, mes geôliers étaient logés à la même enseigne, leur chambre ressemblant à une caisse, en bois également, avec, pour seule lumière, celle qui filtrait entre les planches mal ajustées des murs, si bien que, prisonnière de cette double cage, j'eus rapidement l'impression d'étouffer, mais au moment où je me mis à gémir, appelant à ma rescousse Gabriel, Marcus ou je ne sais quel esprit sauveur, une tong, puis deux ébranlèrent les parois de mon cageot, suivies d'une bordée de jurons qui fit trembler la chambre.

Ces menaces ne firent rien pour apaiser mon chagrin, loin de là ! Plus le ton se durcissait, plus ma peine enflait, à la manière d'un torrent aux abords d'une rivière, le gargouillis devenu tourbillon, et le tourbillon bouillonnement, aussi continuai-je à hululer, malgré les nombreux objets qui s'abattaient autour de moi, jusqu'au moment où les lueurs rosées de l'aurore traversèrent les lattes de bois.

Alors que le jour pointait, ma troisième vie débuta. En bruit de fond, le ronflement des vagues et celui de mes nouveaux maîtres, lesquels, je le crus un long moment, demeureraient à jamais couchés. Ce fut probablement l'impression de rôtir à petit feu sous le toit de tôle cinglé par le soleil qui les sortit de leur semi-coma. La langue pendante, je me fis aussi petite que possible, partagée entre l'envie folle de respirer un grand bol d'air du large et celle tout aussi vive de me dissoudre dans le fond de mon cageot, particules de chien parmi les particules de lapin. Quand, me saisissant par le col, Julien me tira à lui, je laissai bien malgré moi échapper un hoquet d'effroi. Non qu'il m'eût étranglée, mais de mystérieuses émanations, mêlant probablement pétrole, alcool et transpiration, composaient autour de lui un fluide nauséabond, tout à la fois épais et immatériel, qui me fit douter de la nature du garçon : allez savoir sous quelle forme la substance pestilentielle qui le nimbait allait se matérialiser ? Mais lorsqu'il ouvrit la porte du cabanon et qu'il se retourna pour pisser droit sur moi – sans rire, uriner du côté du plancher et non en direction du sable –, je compris qu'il était bel et bien humain, et de la pire espèce. Sur ce, il saisit le chapeau de cow-boy tout cabossé qui était accroché à une patère, l'enfonça sur sa tête, et me traîna au bord de l'eau, non sans avoir repassé la corde autour de mon cou. Là, il se trempa les pieds sans plus s'intéresser à moi

Aussi étrange que cela puisse paraître, je conservais l'espoir de voir Gabriel surgir de derrière un arbre, un rocher, et pourquoi pas à l'angle d'un de ces bungalows plus ou moins branlants sur leurs pilotis qui s'alignaient au bord de l'eau. Gabriel serait apparu au coin de l'un d'eux, et sans même qu'il ait eu à donner de la voix, Julien aurait déguerpi en nous abandonnant ma corde et moi. Parce que mon maître m'aimait et ne pouvait se résigner à me perdre, imaginer le contraire m'était aussi inconcevable que de marcher sur la tête ou sur les pattes arrière. Autant dire que je n'avais pas fini de le guetter au détour d'un chemin, de humer le vent en quête d'un parfum, son parfum, d'analyser, décortiquer toutes les fragrances qui stimulaient mon flair.

Pour l'heure, aussi loin qu'il m'était donné de voir, il n'y avait nulle trace de Gabriel, même si la plage grouillait de vie. Au premier coup d'œil, le sable était animé d'étranges ondulations ; à mieux y regarder, il était constellé de coquillages en transhumance, des bernard-l'hermite dans leurs costumes sur mesure qui traçaient des milliers de rails sur son lit humide. Que n'aurais-je donné pour être un des leurs ? à l'abri sous ma coquille.

— Yoda ! brailla Julien.

Il me fallut un certain temps pour comprendre qu'il s'adressait à moi.

XII

De tous les tours du monde que j'ai réalisés, celui-ci fut le plus pénible. Barbade, Philippines. Birmanie, Colombie. Jamaïque, Guatemala... j'en ai avalé des kilomètres assis sur mon canapé à ressasser ma peine ; pour finir, je bus le rhum au goulot. Même Augusto refusa de me suivre aussi loin. Zohia se garda de m'accabler, je m'en chargeais très bien tout seul. Elle m'observait du coin de l'œil, faisait tourner la maison, me pressait l'épaule en passant derrière moi, les bras chargés de draps, de fleurs, de fruits ; elle s'asseyait à mes côtés quand son emploi du temps le lui permettait, posait une main sur mon genou, son regard vif plongé dans mes yeux vitreux.

Ce n'était pas encore la pleine saison, pourtant les touristes affluaient ; Zohia n'en avait cure, elle me laissait dériver, partant du principe qu'il faut toucher le fond pour remonter à la surface. Et le fond, j'ai fait bien plus que le toucher, je l'ai scruté à la loupe, gratté, creusé avec une application malsaine. Pour tout dire, je ressemblais à s'y méprendre à un vieil alcoolique. Côté jurons, j'en égrenais des chapelets chaque nuit, les braillant au nez d'un Julien plus vrai que nature. Heureusement que je n'étais pas somnambule, car j'aurais pu étrangler un de nos hôtes pour peu qu'il fût jeune et tatoué.

Et Zohia dans tout ça ? Eh bien, jamais elle ne tenta de me faire taire. Qu'importaient mes éructations nocturnes si elles expurgeaient mon chagrin. Que je me batte contre ce blanc-bec pour aller mieux, elle applaudissait. Que je le mette à terre, que je lui fasse ravaler son sourire et ses dents, les rêves étaient faits pour ça. Les touristes fuyaient ? tant pis pour eux !

Vous vous dites qu'au lieu de me laisser me vautrer dans mon malheur, elle aurait mieux fait de me secouer, qu'avec son aide, j'aurais pu remuer ciel et terre, courir de port en port, de plage en plage, de mouillage en mouillage. Mais c'est ce que je fis avant de m'écrouler, secondé par Marcus, plus fin limier que moi. En vain ! Si Coco avait laissé ses empreintes quelque part sur notre île, nous les aurions trouvées tant nous passâmes son sable et ses palmiers au peigne fin. Pas une crique, pas une plage que nous n'ayons ratissées. Je jure que nos recherches nous laissèrent aussi déprimés l'un que l'autre. Cher Marcus qui retroussait les babines dans son sommeil ; et je vous prie de croire qu'il ne souriait pas à sa maîtresse, ses crocs entartrés claquaient avec férocité sur un jarret imaginaire. Marcus et moi faisions la paire, sauf que lui demeurait plus fringant que moi dont le corps était au diapason de la tête, en perdition.

Quoi que je fisse, mes pensées retournaient vers Coco. Coco abandonnée. Coco désespérée. Coco maltraitée. Coco qui croyait que je l'avais cédée à ce petit salopard. Qui pensait que je ne l'aimais plus. Ma petite chienne triste à mourir. Et puis, une nuit, elle m'apparut, trottinant à mes côtés sur l'un des chemins que nous empruntions souvent lors de nos promenades, des marches quotidiennes prescrites par le médecin, trente minutes par jour, pas moins. Et nous discutions. Oui, Coco et moi parlions. Je veux dire qu'elle me répondait. Dans mon rêve, bien entendu. J'étais émerveillé par ses compétences langagières, mais ne m'en étonnais pas plus que ça. Après tout, n'était-elle pas des plus intelligentes ? Tandis que je lui répondais, elle tournait vers moi ses grands yeux émeraude si joliment ourlés.

Je me réveillai, chamboulé mais ragaillardi par la certitude que nous nous retrouverions un jour. Et rajeuni avec ça, comme si reprendre confiance en l'avenir m'aidait à redresser le dos. Il n'y a pas d'âge pour l'optimisme.

D'ailleurs, n'était-ce pas cette même conviction qui m'avait fait courir pendant des mois après Zohia, au sens littéral, car j'étais conscient que le temps jouait contre moi ; plus il passait, plus je risquais de ne jamais la retrouver. Qui savait où elle pourrait se réfugier après son escale en Belgique, qui elle pourrait rencontrer ? Au mieux, elle se marierait, changerait de nom ; au pire... Je sais, j'allais vite en besogne. N'empêche, à peine ma mission achevée, je filai à Ixelles.

Quelle coïncidence qu'elle ait choisi pour destination la Belgique, ce pays, le mien, qui n'était ni le premier choix des touristes ni celui des migrants ! Coïncidence ou destinée ? Destinée, de mon point de vue. Pourtant, lorsque je fus devant l'église Sainte-Croix d'Ixelles, sur sa grande place brassée par le vent, je me mis à douter. Se pouvait-il que notre rencontre que je pensais scellée par le destin cinq minutes plus tôt ne soit que le délire d'un célibataire en mal d'amour ? Cette femme qui habitait mes pensées n'était peut-être que la construction chimérique d'une image maternelle sur laquelle je projetais mes obsessions d'orphelin ? Je me repris aussitôt : non, je n'allais pas laisser des élucubrations psychologico-masochistes subvertir mon rêve éveillé. Non non non. Je me remis donc en marche, franchis le porche de l'église sans savoir où mes pas me mèneraient. Je me retrouvai finalement sur un banc à réciter une version abrégée du *Notre-Père*, mystérieusement remonté de ma mémoire, sachant qu'une prière ne pouvait faire de mal à quiconque, même au sceptique que j'étais. Souvenir de mes années de scoutisme, je marmottai, doigts croisés dans le dos, manière de mettre toutes les chances de mon côté.

Dieu m'avait-il entendu ? J'aurais juré que oui, car la première femme à laquelle j'adressai la parole, une dévote qui allumait des bougies après moult signes de croix en direction de l'autel, me donna la réponse que j'attendais depuis si longtemps : Zohia vivait à quelques rues de là. Je dus me retenir au dossier d'un prie-Dieu pour ne pas m'écrouler. Devais-je réciter une seconde prière – mais laquelle ? – pour conserver les grâces divines ? J'aurais aimé m'exécuter ; hélas, à part un reliquat de *Sainte Marie mère de Dieu*, mon répertoire était vide. Aussi, quand il se fut agi de me révéler l'adresse de Zohia, la bigote fit une grimace gênée et, après maintes tergiversations, me conseilla de me rendre au foyer paroissial.

Une fois sur place, je fus envoyé au centre d'accueil pour femmes célibataires, c'est là que l'on m'expliqua que Zohia était logée chez Madeleine. Voyant mon émotion, celle qui m'apprit la nouvelle, la fameuse jeune Éthiopienne qui allait bientôt profiter de ma crédulité, celle-là qui flaira mon cœur savamment attendri par les affres de l'amour m'invita à m'asseoir. Je repris mon souffle tandis qu'elle m'observait. Dieu sait quelle conclusion elle tira de cette étude minutieuse ; que j'étais le pigeon idéal à plumer, sentimental à souhait ? Je finis par recouvrer mes esprits et me remis sur pied, non sans l'avoir chaleureusement remerciée pour son aide.

Quelques minutes plus tard, je trempais un biscuit sec dans un verre de vin de noix, Afia sur une cuisse, Neela accoudée à l'autre qui me peignait méthodiquement les poils du bras. Malgré son âge, son arthrite et la nuit qui tombait, Madeleine n'avait pas hésité à m'ouvrir sa porte. Primo, elle avait tant vécu, elle, religieuse et assistante sociale, qu'elle jurait n'avoir peur de personne ; secundo, s'il fallait se défendre, elle pouvait compter sur Bidule, son vieux saint-bernard qui, pour l'heure, bavait sur mes chaussures. C'est ainsi que j'appris que Zohia était arrivée à Ixelles quatre mois plus tôt, qu'elle vivait depuis le premier jour chez Madeleine, laquelle lui avait trouvé un travail dans le restaurant d'une association caritative, où Zohia œuvrait, tantôt comme cuisinière tantôt comme serveuse, au gré des besoins.

La Zohia que j'attendais, celle qui éclairait mon quotidien depuis des jours et des nuits, un doux sourire, les joues pleines, les cheveux savamment tressés qui soulignaient l'ovale parfait de son visage, un phare pour le marin que j'étais ; oui, eh bien, cette Zohia-là ne fit pas surface. À sa place, une guerrière aux pommettes saillantes et au casque mousseux. Et le regard qu'elle me lança depuis le seuil de la porte me foudroya sur place. Éros et mes égarements romantiques en prirent un coup dans l'aile. Je me levai instantanément, malgré la brûlure qui m'irradiait le cœur, cependant que les jumelles se jetaient dans les jambes interminables de leur mère, imitées par Bidule qui poussait des petits cris de souris. J'aurais aimé les rejoindre, mais m'en gardai bien.

S'ensuivirent deux longues années d'apprivoisement, de déjeuners et de dîners chaperonnés par une Madeleine joviale, de promenades au parc main dans la main avec les filles – les mains des filles dans les miennes évidemment –, d'échanges hésitants. Il y avait les mots qui se jouaient des pensées de Zohia, un à l'envers, un à l'endroit, et les syllabes qui s'enroulaient en liberté sur sa langue telles les notes sur le piano. Il y avait les batailles qu'elle livrait à sa conscience, soupesant le danger que je représentais potentiellement, celles qu'elle livrait à son amour-propre, cette autonomie qu'elle s'était juré d'acquérir, ne rien devoir à personne et surtout pas à un homme. Et moi ? Je vivais tout cela comme l'on vit un premier amour, transporté par ses sourires, ébloui par la tendresse des regards qu'elle posait sur ses filles, hypnotisé par ses longues mains qui s'animaient, volubiles, en lieu et place des mots. Je sais, je n'étais plus ce qu'on appelle un adolescent, ni même un jeune adulte, mais l'amour, le vrai, survient à tout âge. Et ignore la mesure. Dire que mon existence était métamorphosée est un euphémisme.

Alors que, ma vie durant, j'avais parcouru le monde dans les airs et sur les mers, en mission comme en congés, ignorant mon logement bruxellois qui me servait de garde-meubles, ceux dont j'avais hérité de mon père, et ressemblait à une bâtisse fantôme prisonnière des rets d'une lumière poudreuse qui traversait les larges persiennes, je ne vivais plus que pour ces heures volées à l'emploi du temps d'une Zohia, de plus en plus investie dans l'association qui lui avait fourni un travail et redonné une dignité. Qui, en plus de travailler, suivait des cours de français. C'était important, disait-elle, très important. Savoir parler une langue, la lire, l'écrire, tout ce à quoi elle n'avait eu droit. Plus d'une fois, je rêvai d'une soirée en tête à tête avec la mère et la passai avec les filles, à lire des histoires, dessiner des bateaux, construire des châteaux en Lego.

Mes jours étaient rythmés par mes allers et retours en tramway qui me conduisaient du centre de Bruxelles à Ixelles, et vice versa.

Quand venait le temps de reprendre la mer, je ressentais un déchirement qui me taraudait autant le cœur que le corps. Pas sûr que mes hommes me reconnurent la première fois que je remontai à bord, celle-là où, pris d'une irrépressible envie de sauter pour rejoindre la terre à la nage, je demandai à mon second de suivre la manœuvre à ma place. Il dut craindre pour ma santé mentale. Et quand, une nuit d'insomnie, alors que je rêvassais sur la passerelle, je me surpris – et lui aussi – à fredonner une berceuse.

Qui aurait dit que je songerais si tôt à ma reconversion ?

La vie s'amuse des certitudes et prend des tours inattendus. À croire qu'elle s'ingénie à faire ployer les plus rigides. Pour ma part, je ne me serais jamais imaginé l'âme d'un terrien. Pourtant je n'ai pas regimbé à l'idée d'aller vivre sur une île. Loin de là !

L'îlien se rapproche du marin, avec la conscience aiguë de la mer qui l'entoure et le protège du monde. Sauf quand le monde vient à lui, comme ce fut le cas avec Julien. Je n'ai pas identifié le danger, soit ; je me suis écroulé pour la première fois de ma vie – il faut une première fois à tout –, mais je me suis relevé tout barbouillé de poussière, j'ai traité mes foutus maux de dos par le mépris pour ne plus écouter que mon cœur.

Ainsi retrouvai-je l'énergie de mes trente ans lorsque je fus averti par la police que ma précieuse pirogue avait été découverte échouée sur un lointain îlot. Le temps de faire une valise, secondé par Zohia, bien plus méthodique que moi, qui y glissa son coussin fétiche eu égard à mon dos ou plutôt à quelque superstition, celui de saisir une laisse, et je sautai dans la voiture, direction le port.

Zohia conduisait avec l'énergie et l'autorité naturelle qui étaient siennes, c'est-à-dire qu'elle slalomait d'une file à l'autre, optant pour des dépassements que je qualifierais d'optimistes. Ou peut-être était-elle dotée d'une forme de prescience ? Mais l'homme rationnel que j'avais été, et qui se rappelait de temps en temps à moi, tout particulièrement lorsque j'étais assis sur le siège passager, ce second moi, donc, refusait de croire à une quelconque forme de voyance, raison de plus en matière de circulation. Ainsi regrettai-je une nouvelle fois qu'elle n'ait pris de leçons de conduite plus tôt, en Belgique par exemple, au lieu de quoi elle avait appris sur le tard et sur le tas, en bref sur notre île où le conducteur zélé est celui qui va d'un point à un autre sans jamais s'arrêter, et en ralentissant le moins possible.

Parti illico après avoir appris la nouvelle, j'arrivai donc presto au port, non sans ressentir quelques douleurs à la cuisse droite, laquelle avait pressé sans discontinuer un frein imaginaire, sans parler de ma nuque raidie ainsi que mes yeux sortis de leurs orbites à force d'anticiper l'impact. Zohia se gara sur le quai, si bien que nous eûmes le temps de nous embrasser, elle, de m'encourager d'un sourire énigmatique, avant que je ne saute de la voiture pour quasiment atterrir sur le ferry en cours d'appareillage.

Une fois à bord, je me laissai aller à respirer. Et à réfléchir. Mais à quoi bon spéculer sur une situation dont on ne connaît pas les tenants et encore moins les aboutissants ? J'optai finalement pour un somme, le coussin calé au creux des reins, sacrilège !

Mon arrivée sur cette île inconnue eut un air de déjà-vu. Un conducteur de tricycle avide de clients, une course surpayée, un moteur surchauffé. Au moins arrivai-je au poste de police avant que celui-ci ne ferme ses portes. Tôt, très tôt m'avaient dit quelques mauvaises langues à bord du ferry.

Je m'estimai heureux jusqu'à ce qu'un fonctionnaire m'informe que ma pirogue était toujours sur son îlot, à moins qu'elle n'ait repris la mer, emportée par la marée, et ne dérive. J'aurais voulu crier ma consternation, au lieu de quoi je lui demandai le nom de l'îlot en question. Et ma Coco ? Lorsque j'interrogeai le policier, il souleva les épaules sans prendre la peine d'ouvrir la bouche ; sa moue tenait lieu de réponse. Mon cœur se serra en même temps que mon poing, je fis demi-tour.

Une fois dehors, je respirai une goulée d'air, m'y repris à deux fois, surpris par l'odeur âcre qui m'irritait et la gorge et le nez. Adossé à son tricycle, le chauffeur qui n'avait pas voulu laisser filer une seconde course opina du chef.

— Un feu ? demandai-je.

— Depuis trois semaines, et c'est de pire en pire ! Ça brûle à tour de bras. Quand c'est pas l'huile de palme la responsable, c'est le café ou le cacao. On respire plus…

Le bonhomme enfourcha sa moto en haussant tristement les épaules, tandis que je fouillais dans ma mémoire à la recherche d'un signe qui m'aurait échappé à mon arrivée, une clarté singulière qui aurait nimbé l'île d'or, un rougeoiement dans le ciel bleu. Rien, je n'avais rien vu. Pas même la couleur du ciel, en fait. Devais-je vraiment me fier à ses dires ? Par pur confort et pour ne pas perdre une once de mon optimisme, je choisis d'ignorer ses propos, un déni caractérisé, car qui dit exilé au bout de la terre ne dit pas hors du monde, d'autant que je lisais quotidiennement le journal. Le feu grignotait la terre, c'était une vérité à laquelle nul n'échappait, cependant il y a des chimères auxquelles on tient le plus longtemps possible. Celle d'un paradis intouchable.

Le sourire bienfaisant de Zohia me porta tout le temps qu'il nous fallut pour rallier le petit bout de côte faisant face à l'îlot. Avait-elle lu l'avenir dans le marc de son café matinal ? Je fis taire mon double rabat-joie et m'accrochai à cette idée. Plus qu'une heure ou deux, et je retrouverais Coco. L'îlot était inhabité, me rappela une voix intérieure que j'ignorai tout simplement, certain de pouvoir compter sur ma petite chienne pour se nourrir. La connaissant comme je la connaissais, elle avait trouvé quelques bestioles à se mettre sous la dent et des troncs creux pour y laper l'eau de pluie. Et puis il y aurait les restes que les locaux abandonnaient derrière eux, les jours fériés ; et pour peu que la barrière de corail soit intacte, ce pouvait être le point de ralliement de plongeurs étrangers, guère plus regardants sur le sort de leurs détritus.

À force de pensées positives, j'oubliai l'air épais qui m'asséchait la gorge, la forêt qui partait en fumée, le monde qui étouffait, les cahots de la route qui me broyaient les côtes en dépit du coussin que j'avais pris soin de placer dans mon dos, les écarts de conduite de mon chauffeur, le coup de frein qu'il donna pour éviter la poule et ses poussins surgissant d'une touffe d'herbe, les gloussements effarés de la petite famille, le buffle dont je sentis la tiédeur de l'haleine en passant. Un silence brutal me rappela à la réalité. L'homme m'avait déposé devant un petit complexe hôtelier vieillissant où des canoës étaient proposés à la location. Des canoës racés comme l'on en construit sous ces latitudes, un simple trait de couleur sur l'eau, dirait-on de loin, rouge jaune bleu vert, et de près également, tant le tirant d'eau était faible. Un homme à bord, c'est tout juste si l'on aperçoit la coque.

Le reste de cette équipée n'est que péripétie dans la vie d'un marin, la preuve que l'âge ne fait pas toujours gagner en raison, mais assurément en autodérision. Il faut bien survivre au déshonneur, n'est-ce pas, et l'existence se charge de multiplier les entailles à notre amour-propre, une encoche par-ci, une balafre par-là. Surtout qu'on ne me parle pas du mythe du commandant héroïque, entraîné à sacrifier sa vie pour celles de son équipage et de ses passagers ! Quitter le navire en dernier ! On a beau être commandant, on n'en est pas moins humain. J'ose dire que ceux qui ont rédigé cette loi n'ont jamais eu à demeurer droits sur un navire abattu sur le flanc au milieu d'un océan écumant.

Mais je m'égare. Le jour de mon escapade, une houle inoffensive ridait la mer, j'étais le seul usager du canoë. Maître à bord. Le temps de mettre l'embarcation à l'eau, de me munir du bout nécessaire à un remorquage une fois mon bateau récupéré, car je comptais bien le récupérer, sans oublier la pagaie, détail qui a son importance, je me calai dans le canoë – le coussin sacré de Zohia sous les fesses – et, fort de mes certitudes, je m'élançai vers ma Coco.

Une heure, m'avait dit l'hôtelier, il faut environ une heure pour gagner l'îlot. C'était tout ce que j'avais retenu de sa conversation, faisant fi de ses incantations à la pluie, de sa respiration caverneuse, de son air abattu ; seule comptait cette heure qui me séparait de ma Coco. Une heure donc, et j'entendrais ma petite chienne couiner de joie, je la verrais se tortiller en se ruant vers moi, me lécher le visage… brusquement, je pensai au rendez-vous que je devais prendre avec notre vétérinaire afin qu'il lui détartre les dents, l'haleine d'un chien pouvant s'avérer bien plus répugnante que celle d'un buffle. Ainsi allaient égoïstement mes pensées.

Mais le maniement de la pagaie est une activité qui nécessite rythme et concentration. Les deux me manquaient. Quant à combiner équilibre, propulsion et direction, j'en étais loin. Le canoë vivait sa vie sans capitaine ni route franchement tracée, nous dérivions. Je me ressaisis, fixant mon objectif, ce splendide caillou couronné de vert et cerné de blanc, véritable joyau sur l'azur – pour être parfaitement honnête, un joyau sur fond de ciel laiteux. Tout rentra dans l'ordre, et j'aurais tenu la cadence si le canoë n'avait pris l'eau à chaque vague qui le frappait de travers. Je modifiai mon cap, écopai hardiment. Déjà, je sentais une tension dans le bras, tandis qu'une verge imaginaire fouaillait mon bassin, sans parler du soleil dont les rayons obliques me perforaient le crâne. Me vint l'idée d'enrouler mon tee-shirt autour de ma tête. Je cessai d'écoper, ôtai mon vêtement que je nouai façon chèche. Et je repris ma route. Jusqu'au moment, une seconde, guère plus, où une douleur à me couper le souffle me tordit le bassin. Sous le choc, tout autant que la surprise, je lâchai la pagaie. Hélas, j'avais négligé le b.a.-ba de la pratique : se munir d'un aviron de secours. Le petit canoë se mit à tournoyer sur les vagues, cependant que je me penchais pour attraper l'extrémité du manche, si loin déjà que mon geste ne pouvait qu'être fatal. Dessalage ! Rien de bien méchant pour un marin. En principe, car dans les faits, il en va autrement. J'étais exténué.

Me retrouver à barboter seul au milieu de cet aquarium géant écorna mon moral qui prit l'eau en même temps que le coussin de Zohia que, d'un coup de reins inconsidéré, je m'empressai de récupérer avant qu'il ne plonge vers l'abîme où je l'aurais suivi. Forcément. Ce coussin de malheur avait plus de valeur que tous les coussins du monde réunis ; l'abandonner, à l'océan de surcroît, aurait sonné comme un anathème, le pied de nez du diable au bonheur construit pas à pas, tuer Madeleine une seconde fois, car notre tendre entremetteuse était morte cinq ans plus tôt, son cœur si gros ayant lâché dans son sommeil.

Pour la première fois depuis notre emménagement sur l'île, nous avions repris le chemin de l'Europe. Zohia, qui détestait tout aussi bien l'avion que le bateau, n'avait pas lâché mon poignet du voyage. Lorsqu'elle avait fini par s'endormir, ses dents ne grinçaient pas, elles claquaient ! C'est dire combien elle avait peur. Mais jamais, au grand jamais, elle n'aurait renoncé à cet adieu. Aussi n'avais-je pas le choix : récupérer le coussin ou bien disparaître avec lui.

Tandis que je m'efforçais de saisir la pagaie de l'autre main, je négligeai le banc de méduses qui arrivait sur moi, de ces petites méduses dont la transparence s'égaye d'élégants filaments violets. Ce ne fut pas une, dix, vingt, mais cent décharges électriques qui me cinglèrent le corps en même temps. Les jambes, les bras, le buste ; seul mon visage fut épargné. Je serrai fort les dents, le manche et le coussin que j'avais repêchés, m'éloignai dans le plus grand désordre de bras et de jambes, au plus loin de cette meute urticante. Évidemment, le canoë, bien que retourné, ne m'avait pas attendu, il me fallut nager pour le rattraper, le remettre à flot, y déposer pagaie et coussin avant de me hisser à bord. Des minutes d'efforts intenses qui achevèrent de m'épuiser. De retour à bord de ce maudit canot, j'invoquai le sourire de Zohia et les jappements de Coco, seuls capables de regonfler mon ego.

Étais-je de ces hommes qui renoncent ? Non. Avais-je seulement le choix ?

Je repartis donc, à moitié impotent, et ce qui devait arriver arriva. Faute de trouver la force d'écoper tout en pagayant, une telle synchronisation requérant un effort physique considérable attendu mon état, je coulai, au-dessus de la barrière de corail cette fois, ce qui compliqua encore la manœuvre. Il me fallut alors retourner le canoë rempli d'eau afin de le vider, tout en dansant la gigue pour éviter de toucher d'un orteil le corail tranchant.

Quand j'abordai enfin l'îlot, je m'abattis sur le sable, le corps brisé, brûlé de toutes parts, les pieds à vif. Je finis par me redresser sur un coude et, d'une voix éteinte, j'appelai Coco.

XIII

Incroyable ! Assise sur mon postérieur, les pattes en l'air, je devais ressembler à Lazare, le gibbon. À la différence que lui savait quoi faire de ses pattes avant ; les miennes, comme cassées aux coudes, ne m'auraient pas même servi à faire une prière. Pourtant, j'aurais invoqué n'importe quelle force supérieure, dieu, esprit, sorcier, pour me sortir de cette mauvaise passe. À mes côtés, Julien crachait le feu au milieu d'une foule envoûtée qui suivait les élans de la flamme, avançait d'un pas et reculait de deux. Quant à moi, je maintenais mon équilibre en dépit de ma frayeur.

Bien sûr, il m'avait fallu quelques heures d'apprentissage pour conserver la position, pas tant que cela cependant. Peut-être était-ce mon gros ventre qui m'aidait à me stabiliser ; en tout cas, mon entraînement ne s'était pas éternisé. Et pour cause, l'alternative était simple, réussir ou mourir de faim. Voici comment Julien me présenta les choses : une boîte de sardines lorsque je me dresserais pour la première fois sur mes pattes, puis, compliquant ma tâche, mon lot de poissons à l'huile quand je parviendrais à rester assise sur mes pattes arrière, et pour finir, ma pitance à la condition que je réussisse à pirouetter telle une danseuse.

Au début, je refusais tous ses ordres. Tous. Il pouvait vociférer : « Yoda, assise ! Yoda, couchée ! Yoda, au pied ! », j'étais sourde et placide, la tête entre les pattes. Même quand il m'attrapait par le cou et me secouait. Dès qu'il me relâchait, je filais me réfugier dans mon cageot, un refuge comme un autre finalement, où je léchais mes ecchymoses.

Pourquoi n'ai-je pas fui ? Parce que j'avais une corde au cou. Plus tard, il n'eut même plus besoin de corde pour me garder auprès de lui. Les habitudes culinaires des habitants de l'île me guérirent de toute tentative de fugue. Ici, on mangeait du chien. Oui. Ainsi ai-je appris à faire la belle pour maintenir ces cannibales à distance. Et à aboyer également.

Après l'odeur ! Celle de ces hommes qui se nourrissaient de mes semblables. Chacun de leurs pores transpirait cette odeur anxiogène ; à vingt mètres comme à cinquante, je reniflais le parfum d'un de mes congénères, celui qu'ils avaient dévoré la veille. Si seulement je n'avais fait que sentir la victime, mais je la voyais également pour peu que je l'eusse croisée une fois. La force de la mémoire olfactive. Mon chemin était donc ponctué de fantômes, un homme sur deux traînant derrière lui le spectre d'un camarade, quand ce n'était pas deux ou trois, selon qu'il les avait mangés grillés ou cuits en ragoût.

Le jour où je compris le sens de telles apparitions, tous les assassins qui passaient à ma portée purent craindre pour leurs jarrets. Qu'ils soient à pied, à bicyclette ou à scooter, je courais derrière eux à en perdre haleine. Nul doute qu'ils auraient préféré m'avoir dans leur assiette qu'à leurs trousses, bramant si fort leur culpabilité qu'il leur fallut bientôt fuir non plus seulement une chienne ridiculement petite, mais une foule d'individus à quatre pattes, de taille respectable.

Comment pouvais-je drainer autant de corniauds dans mon sillage ? Était-ce le résultat de mon charisme, le fait de faire la belle à longueur de journée, qui me parait de pouvoirs singuliers aux yeux de mes semblables ? À moins que le bandana dont Julien m'avait attifée m'ait consacrée chef de gang. Allez savoir comment ils me considéraient, eux qui n'avaient jamais eu de maître. Une sorte d'être hybride, mi-chien mi-homme ?

L'ennui, c'est que mes congénères me mettaient malgré tout à l'écart, au prétexte que je n'étais pas totalement des leurs. Qui dit prestige ne dit pas toujours popularité. C'est à peine s'ils me flairaient les fesses, et pourtant, Dieu sait combien je manquais d'affection.

Chaque jour, je humais inlassablement l'air en quête d'un indice qui me signalerait la présence toute proche de Gabriel. Je n'en finissais pas de rêver de sa main me flattant le cou, de ses doigts me massant les joues, là, juste sous les oreilles, malaxant si doucement ma peau que j'en ronronnais de plaisir.

Quelle chance alors d'avoir retrouvé un peu de cette tendresse auprès de Rosalie, une belle truie qui avait perdu ses porcelets alors qu'elle les nourrissait encore ! Perdus, que dis-je ? je deviens trop humaine : on les lui avait arrachés, oui, pour les cuire à la broche. Un drame dont elle ne se remettait pas. Toute leur courte vie, ils avaient gambadé en liberté à ses côtés, dormi au chaud contre son ventre rebondi, couiné pour réclamer son lait ;

désormais, ses mamelles pendaient, orphelines. Je ne pris jamais la place de ses petits, nous nous consolâmes l'une l'autre de notre solitude et de nos chagrins.

Notre amitié naquit le soir où Mélanie quitta Julien qui en conçut une telle colère qu'il me chassa de mon cageot. Il ne voulait plus aucune femelle sous son toit ! C'est ce qu'il hurla avant que je n'atterrisse sur le sable, le postérieur douloureux, aussi désorientée qu'horrifiée, car, hors de la cabane, j'étais à la merci de l'appétit des hommes. Avec un autre maître et sous d'autres cieux, j'aurais gratté à la porte et patienté le temps nécessaire à un revirement d'humeur. Pas ici. Pas avec Julien. Reniflant une chaleur animale que je pressentis bienfaisante, je montai sur mes pattes arrière afin d'élargir mon champ de vision. Droit devant, au-delà du tronc d'arbre qui barrait la plage, une masse rose reposait sur un tapis d'herbe. En dépit de la distance qui nous séparait, je perçus son souffle court et le bruit de ses onglons qui s'entrechoquaient ; Rosalie se rêvait en cavale. Je m'approchai sans faire de bruit, contournai le tronc, puis, un œil sur ses paupières frémissantes, me roulai doucement contre son ventre et m'endormis cependant que sa respiration s'apaisait. Il en alla ainsi chaque soir.

Aujourd'hui, je peux dire qu'il y eut un avantage à être enchaînée à Julien ; ce cracheur de feu crasseux à mes côtés, personne ne s'aventura à me kidnapper. Et puis, lui-même n'avait aucun goût pour le chien, aucune affection non plus. D'ailleurs comme dresseur, il n'y avait pas pire que ce garçon, même Mélanie avait tenté de l'amadouer à l'époque où elle lui parlait encore.

— À force de l'affamer, elle ne tiendra plus debout. Ce sera malin !

— Impossible ! Yoda, c'est un estomac sur pattes...

Rien à faire, il ne modifia pas sa méthode d'un pouce. Loin de moi l'idée de l'aduler, mais je dois lui reconnaître une forme de psychologie. Ne m'avait-il pas déjà appâtée à l'aide de pilons frits ?

La suite lui donna encore raison. J'étais incapable de rester l'estomac creux, entendre les gargouillis de mon ventre me torturait. Je devais combler ce vide, coûte que coûte, neutraliser les cris de mes boyaux. Alors, entamer une grève de la faim, quelle volonté cela me demanda ! Je ne tins pas longtemps à ce régime. Néanmoins, les premières heures de ma détention, je parvins à refuser la platée qui me fut offerte, tout en tentant de pêcher à marée descendante aussi loin que ma longe me le permettait, m'enhardissant à retourner les cailloux d'un coup de patte afin d'y déloger un poisson égaré ou même un crabe. Tout ce que je réussis à capturer fut une limace de mer en tenue de camouflage, et les grosses antennes qui palpèrent ma truffe me firent renoncer à la croquer. Ce ne fut pas sans regret ; si j'avais été moins émotive, j'aurais pu calmer ma faim pendant trois ou quatre jours et repousser d'autant ma reddition. À moins que je ne sois morte étouffée.

Ainsi avais-je une double vie. De midi à minuit, en couple avec Julien, de minuit à midi, avec Rosalie, deux compagnonnages insolites qui m'éloignaient toujours plus de mes pairs, trop attachés au qu'en-dira-t-on. Au fond, ce qui me différenciait d'eux, ce n'étaient pas mes aptitudes à l'acrobatie, mais bel et bien mon expérience ; j'avais déjà connu trois mondes, et si j'avais appris une chose, c'était à me garder des préjugés. Des chiens avaient voulu me dévorer, un homme m'avait sauvée, un autre kidnappée. Maintenant, c'était auprès de Rosalie que je trouvais le réconfort. Et alors ? Ma devise, toujours saisir ce qu'il y a de positif dans la vie, d'où qu'il vienne. Sans oublier le passé. Ne jamais oublier le passé ! Il existe toujours de bons souvenirs même au cœur des plus mauvais. Et puis le passé aide parfois à vivre le présent et à croire en l'avenir. Moi, par exemple, j'attendais Gabriel. Assise sur mes pattes arrière ou tournoyant comme une danseuse aux pieds de Julien, je lorgnais la foule alentour ; pas un visage ne m'échappait, pas un parfum. Voir plus loin, tel est le véritable atout à se tenir debout sur deux pattes. Le soir, je laissais Julien à ses volutes de cannabis pour rejoindre le ventre douillet de Rosalie et échafauder des retrouvailles avec Gabriel ; et si celui-ci ne se manifestait pas – je devais désormais compter avec cette éventualité –, ce serait à moi de retrouver sa trace. En matière de flair, j'étais assurément la plus douée. N'en restaient pas moins alentour ces sauvages prêts à me dévorer.

De tergiversation en tergiversation, je ne vis pas le nuage s'épaissir autour de Julien. Un nuage opaque, irrespirable. De jour en jour, d'heure en heure, il grossissait mystérieusement. À deux ou à quatre pattes, tout le monde suffoquait, même Julien qui finit par m'ôter mon bandana pour se confectionner un masque. Inutile dans ces conditions de poursuivre nos numéros de cirque, personne ne nous regardait ni ne nous voyait. Qui aurait voulu s'extasier devant un type crachant des flammes ? Qui sait d'ailleurs si ce n'était pas lui qui avait mis le feu au monde ? Parce que le monde brûlait, je ne distinguais pas encore les flammes, mais je le savais, ma truffe ne me trompait pas, ne me trompait jamais.

Un passant, aveuglé, ou prétendant l'être, donna un coup de pied dans la pancarte que Julien refusait de quitter. « We are travelling around the world without money. Please support our trip! » En lettres noires sur fond rouge. « Notre voyage » !, comme si j'avais envie de l'accompagner ! Sa prière décolla pour se fracasser non loin, mais suffisamment pour qu'il ne puisse la rattraper au vol. Or, on ne voyait plus à cinq mètres. La gorge prise et les yeux irrités, je suivis avec indifférence le plongeon que fit Julien derrière sa pancarte ; ce qui m'inquiétait, moi, c'était la santé de Rosalie dont le groin devait tenir lieu d'aspirateur à particules. Julien tâtonnait à la recherche de sa planche de bois. À quatre pattes, voyez-vous ça ! C'était tout juste si je discernais le bout de ses pieds. Ni une ni deux, je profitai de l'épaisseur du brouillard pour m'échapper, sans plus craindre les bouffeurs de chiens. Lequel aurait voulu me faire la peau en pleine apocalypse ?

Je m'élançai pour rallier le quartier général de Rosalie, général sans troupe ; je courus,

courus, désorientée par la fumée qui m'aveuglait et m'étouffait. J'avais beau galoper en tous sens, contourner les silhouettes grisâtres qui se dressaient sur mon passage, cracher, éternuer, je ne sentais toujours pas le parfum familier de mon amie. À vrai dire, je ne sentais plus rien, hormis mes coussinets brûlants, et ne croisais aucun animal ; ils avaient déguerpi depuis longtemps, eux.

Combien de temps ai-je couru ? Jusqu'à ce que la fumée se fasse plus légère, et que mon flair, que je croyais perdu, me revînt.

XIV

Bredouille, j'allais revenir bredouille. Avec ma pirogue, bien entendu, que j'avais découverte échouée sur le sable, sans aucune avarie. Et ce maudit canoë qui me valait de ressembler à un vieux martyr, le dos cassé et la peau labourée par on ne savait quel fouet. Et j'oublie ma voix, perdue à force de m'époumoner. Crier ne m'avait servi à rien ; à l'évidence Coco n'était pas sur l'îlot et n'y avait jamais mis les pattes, le bateau à la dérive s'y étant échoué à la faveur de la marée. Que voulez-vous, c'était ma seule piste, je m'y étais cramponné. J'avais fait le tour de l'île comme j'avais pu, tantôt à pied tantôt sur l'eau. Rien. Mon abattement fut à la mesure de mes espoirs déçus ; je me sentis orphelin, pour la seconde fois de ma vie. Orphelin de ma chienne. J'aurais tant voulu partager ma peine avec Zohia, la serrer dans mes bras, noyer mes larmes dans sa chevelure, presser ma joue contre la sienne, respirer son parfum vanillé, me laisser bercer par sa voix mélodieuse.

En pleine régression, voilà où j'en étais ! Parce qu'un chagrin ne meurt jamais, il attend le suivant pour se réveiller. C'est ainsi que je pleurai ma mère, pour laquelle je ne m'étais jamais autorisé à verser une larme, en même temps que ma petite chienne. J'en oubliai mon bateau qui s'en allait à vau-l'eau, mais celui-ci ne tarda pas à me rappeler à l'ordre : aucun marin qui se respecte ne laisse faseyer sa voile. Aucun. À sept ans, j'avais déjà compris cela lorsque je barrais mon Optimist avec, braquées sur moi, les jumelles de mon père qui se faisait un devoir de suivre ma formation depuis le port.

Nom de D… ! Qu'avais-je dans le crâne ? J'enterrais ma Coco sans même l'avoir vue morte. Ne l'avais-je pas secourue, bille en tête, et photo à l'appui, enlevée presque – cette idée déraisonnable survint pour la seconde fois –, au fin fond d'une île que je ne connaissais pas, sur une plage sans nom ? et maintenant que j'adorais cette petite chienne et qu'elle m'adorait tout autant, je renonçais à la chercher au premier revers. Qu'étais-je devenu ? Un couard ! Quelle histoire allais-je inventer pour justifier mon retour les mains vides : un dessalage peut-être, quelques fumées dans le nez et des poussières dans l'œil ?

Il faut parfois mettre sa vie en perspective pour redresser la barre. S'observer froidement avec les yeux d'un étranger permet de découvrir bien des choses sur soi, de celles que l'on refuse d'admettre en temps ordinaire, tous ces travers si déplaisants qu'ils ne peuvent être nôtres. Je l'avoue, je suis un lâche repenti ; en situation délicate, je m'attrape par le col pour m'obliger à faire face, cela depuis que je suis jeune. Souvenez-vous cette maudite cravate qu'à dix ans j'étais parvenu à soustraire aux mains de mes agresseurs malgré ma peur des coups et au prix d'un nez en chou-fleur. Car au delà de la douleur physique, il y a la douleur morale.

L'œil sévère de mon père n'était peut-être plus à même de me toiser, mais celui de Zohia, quoique d'un noir tendrement velouté, pouvait faire des ravages. Qui a envie de plonger dans le regard aimé pour s'y contempler sous les traits d'un dégonflé ? À moins que le courage ne s'apprécie à l'aune de l'énergie déployée à contrer la lâcheté ; dans ces conditions, j'étais quasiment héroïque. Parce que je n'en finissais pas de me battre contre moi-même. Ne serait-ce que pour demander Zohia en mariage.

Imaginez ! je l'avais invitée au restaurant. En tête à tête. Un exploit qu'elle ait accepté de se séparer de Madeleine et des filles ! J'avais acheté un magnifique grenat monté sur une tresse en or, rouge pour être précis, commandé du champagne censé accompagner ma requête et mon cadeau. Le bouchon avait sauté, les coupes avaient été remplies et puis vidées, et remplies et vidées, ainsi de suite. Les bulles avaient fait leur effet, Zohia, éblouissante dans sa robe jaune à l'échancrure hypnotique, ne se départait pas de son sourire, le mien était béat. Je me rêvais à la place de la cuillère qu'elle portait avec gourmandise à sa bouche et qu'elle suçait distraitement ; mieux, d'être le tissu souple de sa robe, un tissu enveloppant comme une seconde peau qui embrassait chacune de ses courbes. Dieu, quelles courbes ! Plus je la regardais, plus je l'imaginais en James Bond girl, soufflant sur le canon de son pistolet, et moi en agent spécial de Sa Majesté ; à moins que les rôles n'aient été inversés en Belgique, elle l'agent spécial et moi la groupie. Arriva le café. Ma tête tournait et mon bas-ventre s'enflammait. La dernière goutte bue, il me fallut me réfugier aux toilettes, me rafraîchir le visage en même temps que les idées, me flanquer une bonne claque devant le miroir, me fustiger intérieurement. Sans cette intervention vigoureuse, je n'aurais jamais eu ni femme ni enfants. Ni chiens.

Sur ces considérations, je me jurai de ne plus jamais sombrer dans le défaitisme. Autant dire que je ne perdis plus une seconde, je bordai ma voile, relevai la tête avec détermination, et réalisai enfin le drame qui se jouait sur l'autre rive. La côte avait disparu, engloutie dans une brume que l'on aurait aimé qualifier de chaleur si elle n'avait été si sombre. Le feu, quoiqu'invisible depuis ma position, gagnait du terrain. Je fis un bref calcul – évaluer les courants, estimer l'action du vent, mesurer la distance depuis la plage à la raideur des muscles de mes bras – façon d'identifier le lieu où mon bateau avait été abandonné et à partir duquel il avait dérivé. C'était là que se trouvait Coco. J'empannai, cap à l'est.

Lorsque je sautai à l'eau pour hisser ma pirogue sur le sable, l'air était à peine respirable. Plus d'horizon, plus d'arbres, plus de vie. Le silence apocalyptique d'une terre à l'agonie.

Comment se pouvait-il qu'une île prenne feu ? Que la jungle gorgée d'eau s'embrase ? Qu'on ne parvienne pas à stopper le galop du brasier ? Cette fois, j'enroulai mon tee-shirt autour de ma tête pour me protéger le nez, et partis à l'aveuglette dans une brume aussi épaisse et chaude que l'haleine d'un four à charbon de bois. Je progressais entre des bungalows vides, avançais sur ce qui avait dû être un chemin fleuri, mais dont les haies spectrales avaient perdu toute couleur. Dans ce paysage lunaire, c'était tout juste si j'osais respirer ; je m'enhardis finalement à appeler Coco, doucement, et puis à pleins poumons bientôt, tel un fou égaré dans un village fantôme. Je marchais à l'aveugle, les mains en porte-voix et manquai m'étaler de tout mon long sur ce qui restait d'une pancarte, d'épaisses lettres noires me sautèrent littéralement au visage : « around the world without money. Please support ».

Une main me secourut avant que la curieuse incantation ne s'écrase sur mon nez. Une main sortie du néant, ainsi qu'un bras, un corps et un visage enveloppés dans un long voile turquoise. Si la main ne m'avait rattrapé, j'aurais trébuché sous le coup de la stupeur.

— Êtes-vous perdu, Monsieur ? me souffla une voix éraillée.

— Je cherche mon chien.

Réponse qui ne parut pas plus incongrue que cela à l'inconnue :

— Les chiens, les hommes, les porcs, les singes, ils sont tous partis...

— Et vous, que faites-vous là ? Personne ne vous a emmenée ?

— Je reste. À cause des pilleurs. Mais si vous pouvez prendre mes deux petits-enfants avec vous...

La femme me guida à travers le village jusqu'à une maison dont les murs surmontés d'un bandeau à claire-voie s'ouvraient à toutes les fumées, le sol quant à lui était recouvert d'un épais tapis de maïs, au centre duquel trônaient deux enfants, le visage protégé par un masque, qui égrenaient les épis en les frottant les uns contre les autres.

Surpris par mon apparition, et peut-être mon étrange allure, ils interrompirent leur ouvrage pour me regarder.

— Jasmine, Marco ! fit la femme, levez-vous, vous partez avec le monsieur.

Ce disant, elle souleva deux des trois baluchons posés sur un canapé boiteux et les déposa devant la porte. Les enfants, une fillette d'une dizaine d'années et un garçonnet de six ans guère plus, sautèrent sur leurs pieds sans me quitter des yeux. Le garçon courut vers sa grand-mère dont il saisit fermement la main. Elle se pencha à son oreille et marmonna quelques mots qui semblèrent le rassurer. Il retourna à côté de sa sœur qui soupesait les ballots.

Enturbanné comme un Touareg en pleine tempête de sable, je m'adressai à la femme sans visage :

— Et vous, qu'allez-vous faire si...

Je m'interrompis en zieutant les petits.

— Le feu n'arrivera pas jusqu'au village, affirma-t-elle, il ne traversera pas la rivière. Ceux qui les déclenchent veillent à les circonscrire, pour ne pas avoir en plus notre mort sur la conscience.

Elle me donna le nom du port où un oncle ou bien un neveu, propriétaire d'un restaurant, serait censé accueillir les gamins.

Nous embarquâmes donc à trois ; les enfants à l'évidence bien amarinés trouvèrent chacun leur place sur ma coque de noix tandis que je hissai la voile, non sans avoir accroché le coussin trempé au mât en guise de pavillon. Ou bien de grigri. Le brouillard digne d'un matin d'hiver belge me donnait la chair de poule, bien que la chaleur dépassât de loin les pics historiques atteints par les thermomètres bruxellois.

Le plus intrigant, et le plus inquiétant peut-être, était le silence. À peine un souffle de vent pour gonfler la voile, et nul clapotis. Nous glissions sans un bruit sur l'eau huileuse. On aurait cru que le brouillard ouvrait ses bras devant notre proue pour mieux les refermer à la poupe et nous emprisonner dans son cocon feutré, au point de rendre invisible le canoë que nous remorquions. Un univers spectral qui embrouille la raison. La fait cafouiller. L'insondable grisaille pèse comme une présence et crée des hallucinations. La preuve, jetant un coup d'œil par-dessus mon épaule, je découvris Madeleine assise derrière moi. Madeleine, en chair et en os, la perruque affaissée sur le sourcil gauche ! Madeleine qui souriait du même sourire que le jour où nous lui avions fait nos premiers adieux, sourire ému après avoir lu un poème de sa composition et déposé dans les mains tremblantes de Zohia un album photo largement commenté. Effaré, je fermai les yeux, la main crispée sur la barre. Quand je les rouvris, Madeleine s'était volatilisée.

Pour déjouer le tour tortueux que pouvaient prendre mes pensées et celles de mes matelots, l'inquiétude d'avoir laissé derrière eux leur grand-mère rivalisant avec la peur de se trouver comme hors du monde avec un inconnu, et pour prévenir par la même occasion une collision avec une embarcation plus lourde et pas davantage signalée que la nôtre, je leur proposai un concours de chants. D'abord timide, notre équipage brilla très vite par son ardeur. En donnant de la voix, nous nous donnions du courage. Un choix discutable, car nous aurions pu tendre l'oreille en quête du bruissement d'une coque toute proche. Assumant ma décision, j'entonnai une chanson paillarde, unique répertoire, hormis le *Notre-Père*, que je parvins à arracher à ma mémoire. Quand les enfants reprirent le refrain avec moi, je me réjouis d'être le seul à des miles à la ronde à en comprendre les paroles. Il n'aurait plus manqué qu'on me prenne pour un pervers, avec mon histoire rocambolesque de toutou introuvable au pays des chiens errants. Sûr que Madeleine, elle, aurait approuvé. N'empêche que notre petit cabotage – quoique hasardeux – se déroula dans la bonne humeur.

À la suite de ce concert improvisé, je racontai mes malheurs du jour à Marco et Jasmine qui éclatèrent de rire lorsque je leur décrivis mon face-à-face avec le banc de méduses. Je profitai de mon succès pour enjoliver un peu l'aventure, comme au bon vieux temps où je brodais des histoires de marin malchanceux pour le plus grand bonheur de Neela et d'Afia. Plus j'étais ridicule, plus elles aimaient ça, tout comme Jasmine et Marco dont les rires en grelot ricochaient à l'infini sur ce matelas de brouillard. Puis le silence retomba. Considérant avec sérieux ma peau boursouflée, Jasmine me conseilla de l'enduire de chair de papaye, laquelle, m'assura-t-elle, apaiserait mes brûlures. Indifférent aux prescriptions de sa sœur, Marco plissait du nez en lorgnant mes pieds tailladés. Ils ouvrirent de grands yeux lorsque j'en vins à parler de Coco, ma jolie Coco aux yeux émeraudes, nos escapades à bicyclette, les siestes dans mon cabanon, sa gourmandise notoire, je finis par m'interrompre, la gorge nouée. Eux s'inquiétaient pour Yoda, un chien qui dansait sur deux pattes.

— Sur deux pattes ? m'étonnai-je.

— Oui, acquiesça Marco. Et même qu'il peut rester assis une heure les pattes en l'air...

— Pas une heure, rectifia Jasmine, mais longtemps quand même.

— Ça doit être un chien exceptionnel, m'exclamai-je. Je suis certain qu'il trouvera un lieu sûr où se mettre à l'abri...

Je croisai les doigts dans l'espoir que ma Coco ait la même sagesse que ce Yoda, tout en m'évertuant à contenir les fichues larmes qui me brûlaient les yeux.

Yoda, Yoda, j'avais déjà entendu ce nom-là… mais où et quand ? Ma mémoire flanchait depuis quelques mois. Quelques années en fait. Certains comparent la leur à du gruyère, la mienne s'apparentait davantage à du gruau, une matière plus ou moins liquide qui retenait certains événements, en laissait filer d'autres, ou les agglomérait comme de bons vieux grumeaux, au point que je ne savais plus qui de Zohia ou de moi avait décidé de quitter la Belgique.

Oublier l'origine d'une telle décision ! J'aurais tendance à penser que c'était moi qui, ne supportant plus nos longues séparations, avais émis cette proposition : anticiper ma retraite et partir au bout du monde, là où la grisaille n'existait pas – du moins à l'époque. Ou bien était-ce Zohia dont la peau craquelait chaque hiver, celle des jambes et celle des mains, sèches et zébrées de blanc, un vrai calvaire pour elle que de supporter ce froid qui lui attaquait la chair et la mordait jusqu'à l'os, tout autant que la chaleur qui tombait sur la ville et s'insinuait à travers les moindres interstices du béton, une chaleur tout autre que celle qu'elle avait connue en Afrique. Bref, que ce soit elle qui initia ce projet ou bien moi, nous l'embrassâmes avec la même fougue, et quand je lui montrai des photos de l'île à laquelle je pensais, un petit bout de terre luxuriant que j'avais visité des années plus tôt et jamais oublié, elle applaudit : construire un rêve à deux, être enfin égaux face à l'expérience, et donner aux filles la chance de grandir au milieu des arbres, des fleurs, des animaux... Avant de s'effondrer à l'idée de quitter Madeleine.

Tout ça pour dire que la mémoire est sélective. Quant à savoir ce qui motive ses tris, mystère ! Ainsi n'avais-je pas souvenance du nom de Yoda, sans pour autant qu'il ait sombré dans l'oubli, disons qu'il dérivait comme nombre de souvenirs dans les limbes de mon cerveau.

Lorsque nous arrivâmes en vue du port, un bien grand mot pour une simple baie qui servait d'abri aux pêcheurs, des lumières nous indiquèrent un étroit chenal. Il faisait nuit noire depuis belle lurette. Ce fichu brouillard nous avait fait perdre la notion du temps, et je n'avais pas pu compter sur ma montre, arrêtée depuis mon second chavirage ni sur le soleil ou la lune invisibles pour nous indiquer l'heure.

Nous étions saufs, voilà ce qui comptait. La voile affalée, le bout lancé à un inconnu qui l'enroula autour d'un tronc d'arbre, je sautai à l'eau, devancé par Jasmine et Marco qui gagnèrent la plage, moitié marchant, moitié nageant. Je les rejoignis, un baluchon sur l'épaule, le second se trouvant dans les bras de l'homme qui m'avait aidé à la manœuvre. Je remerciai l'inconnu, récupérai le bagage qu'il me tendait, et nous nous mîmes tous trois en marche vers le restaurant, sans que je puisse faire taire Marco qui, à lui seul, chantait avec la verve d'une tablée de marins avinés. C'est fou comme les enfants ont la mémoire alerte, en deux petites heures, il avait enregistré l'ensemble de mon répertoire.

La gaieté est contagieuse. Mû par une exaltation toute neuve, je fis le point. D'accord, je n'avais pas trouvé Coco, mais j'avais fait de mon mieux malgré les événements qui s'étaient ligués contre moi, et pour le meilleur finalement puisqu'en rencontrant Jasmine et Marco, j'avais ranimé parmi les plus beaux souvenirs de ma vie de père : entendre le rire de mes enfants, leurs cris de joie ou de détresse comme ce jour où, rentrant de l'école, Neela et Afia s'étaient plantées devant leur mère, les yeux brillants de rage.

— Un garçon nous a traitées, hoqueta Neela.

— Traitées ? interrogea Zohia.

— Il nous a traitées de Noires.

— Et alors ? s'étonna Zohia, ce n'est pas un gros mot.

Afia renchérit :

— Il a dit que Papa ne pouvait pas être notre père parce qu'il est blanc.

— Il a raison, les Blancs ne font pas des Noirs ; et pourtant il se trompe : Noirs ou Blancs, on a tous le cœur de la même couleur. Alors si Gabriel n'est pas votre père, c'est votre papa, c'est comme ça, et personne ne peut dire le contraire.

Ainsi allais-je rentrer chez moi, sans Coco peut-être, mais résolu à revenir la chercher après avoir fait imprimer des affichettes à son effigie, des milliers d'affichettes que je collerais sur chaque tronc d'arbre de cette île, et lorsque les arbres sur lesquels les coller viendraient à manquer, eh bien, j'en planterais, des variétés rares, géantes, selon un canevas aléatoire, des espèces endémiques qui feraient la nique, et surtout beaucoup d'ombre, aux alignements de palmiers et de cacaoyers. Et Zohia m'aiderait, elle qui en avait déjà tant plantés dans notre carré de jungle, et nous retrouverions notre Coco, et l'île recouvrerait sa grandeur.

La nuit était tombée sur le brouillard, de sorte qu'il était difficile de discerner dans la noirceur des ténèbres ce qui relevait de l'heure avancée ou des fumées. Néanmoins, l'air était bien plus respirable puisque nous parvenions à distinguer des odeurs de nourriture provenant des foyers faiblement éclairés qui se dressaient aux abords de la plage. Je m'étonnai d'ailleurs que les parfums réussissent à percer l'épaisseur de ce voile obscur alors que les lumières électriques, elles, n'en finissaient pas de se fondre en un halo diffus.

Soudain, Marco pointa un doigt en direction de la jetée. Il se mit à courir vers ce que l'on devinait être une maisonnette dont la couleur, un rose pimpant, tenait la dragée haute à la grisaille environnante. Devant, se dessinait une dizaine de tables et de chaises tout aussi violemment colorées.

— C'est là ! hurlait Marco en galopant, làbas !

Encouragés par ses cris, Jasmine et moi pressâmes le pas. Doucement, les contours du paysage prirent forme, le croisement de deux rues derrière la maison de conte de fées, la petite place au-devant et la mosquée d'un blanc immaculé de sucre glace, encerclée de grilles bleu électrique, et soudain, l'on eut l'étrange vision du corps de Marco qui se scindait en deux, les jambes et le tronc portés vers l'avant dans un élan frénétique, le cou dévissé vers l'arrière pour s'assurer que nous entendions l'incroyable nouvelle.

— Yoda ! Yoda ! cria-t-il, le chien est là !

Après la mémoire, ce sont les yeux qui vieillissent trop vite. J'accélérai l'allure, fronçai les sourcils. Nul doute, un chien fendait l'obscurité, oreilles au vent. Le pelage blanc ? beige ? caramel ? clair en tout cas. Il couinait, je le jure, des couinements que d'aucuns auraient pris pour des manifestations de douleur. Moi pas. Il riait, ce chien, il riait de bonheur. Parce qu'il avait toujours cru en l'amour de son maître, un maître en qui il avait une confiance absolue. Parce qu'il n'avait jamais cessé de flairer, à l'affût d'une odeur qui le mènerait jusqu'à cet indéfectible ami, et cette nuit épaisse, sans étoiles ni ciel, une nuit de fin du monde lui donnait raison. Ai-je vraiment pensé cela de ce chien, je n'en suis plus certain. En ce genre d'instants, les pensées se bousculent. Car le chien, fou de joie, sauta autour de Marco avant de poursuivre sa course... vers moi, dont les jambes moulinaient comme jamais, dont les yeux sortaient de leurs orbites. Deux grandes oreilles au vent ! Un tortillement caractéristique du postérieur. Mon cœur eut une sorte de hoquet. Oui, un hoquet. Comment mieux décrire ce temps mort où ma respiration, mes pensées, et même ma vie s'interrompirent. Comme un soubresaut au bord du sommeil, sauf que ce fut mon cœur qui bondit, au point que je craignis l'infarctus. Yoda-Coco, évidemment, la guerre des mondes ou des étoiles, Julien, « le côté obscur de la force », les intuitions de Zohia, son sourire énigmatique, son baiser sur le port, le coussin magique. Le temps de recoller les images, les mots, je m'accroupis, les jambes flageolantes. Coco se tenait assise devant moi, les pattes avant levées, attendant que je la serre dans mes bras !

Zohia avait raison. Elle avait toujours raison.

NOTE SUR L'AUTEURE

Après des études d'histoire de l'art à la Sorbonne et à l'École du Louvre, suivies d'une expérience de documentaliste dans une galerie d'art, Christine Sagnier s'oriente vers le journalisme avant de se consacrer pleinement à l'écriture : documentaires et fictions en jeunesse, romans et nouvelles.

http://christinesagnier.com/

Imprimé pour le compte des éditions Zinédi
par Lightning Source France
1, avenue Gutenberg
78310 Maurepas Cedex
Dépôt légal mai 2022
Imprimé en France

Imprimé en France
FRHW012251110422
30498FR00001B/1